Frühjahr 1940. Eine Schülerin und ein Wehrmachtssoldat tauschen Briefe, und drei Jahre später verloben sie sich in aller Heimlichkeit. Kolja Mensing hat die romantische Geschichte seiner Großeltern schon oft gehört. Als seine Großmutter ins Krankenhaus kommt, lässt er sie sich noch einmal erzählen. Diesmal erwähnt seine Großmutter auch Albert Fels, einen jüdischen Viehhändler, der während ihrer Kindheit im Haus ihres Onkels lebt. Zu Beginn des Krieges wird er in eine Heil- und Pflegeanstalt eingewiesen und kehrt nie wieder zurück. Man weiß ja, was damals passiert ist, sagt die Großmutter. Als Kolja Mensing versucht, mehr über das Schicksal des jüdischen Viehhändlers in Erfahrung zu bringen, wird es kompliziert: Wie ist Albert Fels tatsächlich ums Leben gekommen?

Kolja Mensing wurde 1971 in Oldenburg geboren. Er lebt in Berlin und arbeitet als Literaturredakteur bei Deutschlandfunk Kultur. Im Verbrecher Verlag erschienen die Erzählbände »Minibar« (2007) und »Wie komme ich hier raus?« (2009), sein mit Robert Thalheim verfasstes Theaterstück »Moschee DE« (2011) sowie »Die Legenden der Väter« (2015).

KOLJA MENSING

FELS

VERBRECHER VERLAG

Erste Auflage
Verbrecher Verlag Berlin 2018
www.verbrecherei.de

Satz: Christian Walter
Druck: CPI – Clausen & Bosse, Leck

ISBN: 978-3-95732-340-8

Printed in Germany

Der Verlag dankt Philipp Hartmann und Mona-Darleen Schlachtenrodt.

Am Freitag wird er in die Heil- und Pflegeanstalt verlegt. Es ist ein kühler Frühlingstag, und im Krankenhaus haben sie ihm seinen zerschlissenen Wintermantel über die Schultern gelegt. Als einer der Wärter, ein stämmiger Mann in Kittel und Schürze, ihm beim Aussteigen aus dem Krankenwagen helfen will, beginnt der Patient sich zu wehren. Wortlos schlägt er um sich, der Mantel fällt zu Boden.

Ein zweiter Wärter kommt dazu. Die beiden Männer greifen dem Patienten unter die Arme und schleppen ihn über das Kopfsteinpflaster im Innenhof des ehemaligen Klostergebäudes. Im Treppenhaus versucht er sich zu befreien und klammert sich mit aller Kraft an die Messinghandläufe und die hölzernen Sprossen des Geländers. Im ersten Stock befindet sich die Männerstation. Mit einem abgewetzten Ledergurt fixieren sie ihn auf einem Bett im hinteren Teil des großen Schlafsaals. Die Wunde hat wieder zu bluten begonnen, und auf dem Kopfverband zeichnen sich rote Flecken ab.

Der Stationsarzt legt eine Krankenakte mit der Aufnahmenummer 5463 an: Albert Fels, geboren am 27. Februar 1870 in Wenzen, Kreis Gandersheim. Als das Mittagessen gebracht wird, lösen die Wärter den Gurt. Der Patient sieht den Teller mit der dünnen Suppe nicht einmal an. Den Rest des Tages dämmert er auf dem Bett vor sich hin. Auch das Abendessen, zwei Scheiben Brot, Margarine, ein Apfel, rührt er nicht an.

Nachts schreckt er immer wieder auf, schreit, dann schläft er weiter. Am nächsten Morgen wird der Verband abgenommen, und der Arzt, der bereits am Tag zuvor an seinem Bett war, wirft einen prüfenden Blick auf die Kopfverletzung. Er greift zum Stethoskop und hört Herz und Lunge ab, dann schiebt er das Nachthemd des Patienten hoch und schüttelt den Kopf, als er den unbehandelten Leistenbruch entdeckt, einen voluminösen Hautsack, der bis zur Mitte des Oberschenkels reicht.

Der Verband wird gewechselt, und der Arzt trägt die Ergebnisse der Untersuchung auf dem Krankenblatt ein. Anschließend legt er die Sippentafel an und die Karteikarte für die erbbiologische Erfassung. Die Felder mit den Angaben zu den Eltern und Großeltern bleiben frei, Fragen beantwortet der Patient nicht. Mit leerem Blick starrt er die weiß gekalkte Wand des Krankensaals an, auf der sich die Umrisse der schweren Steine abzeichnen, aus denen das Krankenhaus, einst ein Kloster, errichtet worden ist.

Gerade erst war der kleine Supermarkt im Dorf geschlossen worden. Milch, Käse und Butter verkaufte jetzt der Raiffeisenmarkt, der im Güterschuppen des ehemaligen Kleinbahnhofs untergebracht war, und zweimal in der Woche hielt ein Bäckerauto an der Straße. Meine Großmutter war weit über achtzig und lebte seit dem Tod meines Großvaters allein in dem großen Haus.

An den Wochenenden rief ich sie an und erzählte ihr vom Alltag mit meiner Familie. Ich schilderte kleine Erlebnisse mit meinem Sohn auf dem Spielplatz oder im Kindergarten, erwähnte neue Wörter, die er gelernt hatte, zählte seine wechselnden Lieblingsgerichte auf und klagte über Kinderkrankheiten und schlaflose Nächte. Meine Großmutter berichtete von Beerdigungen, bei denen sie oft der älteste Gast in der Trauergemeinde war, von Arztbesuchen, von dem neuen Hörgerät, das sich nicht einstellen ließ, und von den Pflegerinnen der Sozialstation, die morgens und abends zu ihr nach Hause kamen, ihr halfen, die Kompressionsstrümpfe anzuziehen und wieder auszuziehen, und die ihr im Badezimmer beim Waschen zur Hand gingen.

Viel erlebten wir beide nicht. Früher oder später tauchten wir darum in die Vergangenheit ab, in die Zeit, in der meine Großmutter ein Mädchen und eine junge Frau gewesen war. Sie hatte immer gern von früher erzählt, am liebsten über die Zeit, in der sie meinen Großvater kennengelernt hatte, und die Geschichte, die ich am häufigsten von ihr gehört hatte, war die von der heimlichen Verlobung mitten im Krieg.

Meine Großmutter war damals siebzehn Jahre alt und verrichtete ihren Arbeitsdienst in Altkloster, einer polnischen Kleinstadt nicht weit von Posen, die vor dem Krieg Kaszczor hieß und jetzt im Warthegau lag.

Die polnischen Bewohner waren verjagt worden. Stattdessen kamen deutsche Siedler, unter ihnen ein Bäcker, der mit seiner Familie gerade erst aus Schlesien nach Altkloster übergesiedelt war und bei dem meine Großmutter im Haushalt half. Gemeinsam mit rund zwanzig anderen jungen Frauen, darunter Lola, mit der sie sich angefreundet hatte, war sie seit dem Sommer 1943 in einem Sammellager des Reichsarbeitsdienstes untergebracht, in Holzbaracken, die auf einer Wiese vor der Stadt standen.

Mein Großvater Rudolf, alle sagten Rudi, war ein paar Jahre älter als sie und Feldwebel einer Ausbildungskompanie an der Infanterieschule für Fahnenjunker in Potsdam. Nach dem Krieg wollten meine Großmutter und er heiraten. Die Verlobung war für den März kommenden Jahres angesetzt worden. Die Ringe hatte die Mutter meiner Großmutter in Auftrag gegeben, bei einem Uhrmacher und Juwelier in Berlin, der aus ihrem Dorf stammte. Er wurde mit einem Kilo Speck bezahlt, und mein Großvater hatte die Ringe bereits abgeholt. Als er am ersten Adventswochenende von Potsdam aus für einen Tag mit der Bahn nach Altkloster fuhr, brachte er sie mit. Meine Großmutter hatte ihn darum gebeten, denn sie hatte eigene Pläne. Ihre

Verlobung sollte etwas Besonderes sein, ein romantisches Ereignis, an das sie ihr Leben lang zurückdenken würde, und kurz bevor Rudi und sie sich am Bahnhof in Altkloster verabschiedeten, sprach sie mit ihm noch einmal alles durch.

Am Heiligabend verließ meine Großmutter nach dem Abendessen gemeinsam mit Lola in aller Stille das Lager und setzte sich mit ihr an das Ufer des kleinen Sees, der ganz in der Nähe der Baracken lag. Die beiden jungen Frauen holten eine Flasche Eierlikör hervor, füllten zwei Zahnputzbecher, und dann war es soweit. Nach einem kurzen Blick auf ihre Armbanduhr, sie musste ein Streichholz dafür entzünden, steckte meine Großmutter sich den goldenen Ring an, den sie seit drei Wochen in einem Seitenfach ihres Portemonnaies verwahrt hatte, und stellte sich vor, dass Rudi in Potsdam genau in diesem Moment das Gleiche machte. Lola und sie stießen mit den Zahnputzbechern an, dann wickelten sie sich in die schweren, grauen Wolldecken, die sie aus ihrer Baracke mitgebracht hatten, lehnten sich zurück und sahen in den sternklaren Nachthimmel.

Das ist die Geschichte von der heimlichen Verlobung. In meiner Familie wird sie bis heute gern erzählt. Sogar der Pastor erwähnte sie bei der Beerdigung meiner Großmutter in seiner Ansprache in der Kirche, und es gab niemanden in der Trauergemeinde, der nicht wusste, um was es ging. Über die offizielle Verlobung meiner Großeltern, im Kreis von Tanten und Cousinen, mit Kaffee und Kuchen und belegten Broten, sprach auch jetzt niemand. Die andere

Geschichte war einfach besser. Sie war fast so gut wie die Geschichte von der Postkarte, die mein Großvater drei Jahre zuvor in Frankreich gefunden hatte.

Vor fünf Jahren kam meine Großmutter überraschend ins Krankenhaus. Sie hatte sich bei der Gartenarbeit am Zweig eines Rosenbusches verletzt. Es war nur eine kleine Wunde am Oberschenkel, aber sie wollte sich nicht schließen, und meine Großmutter musste über Wochen hinweg stationär behandelt werden. Das Liegen machte sie müde, sie war zu unkonzentriert, um zu lesen, und die Behandlung der offenen Stelle am Bein, bei der alle paar Tage eine neue Schicht entzündeten Gewebes abgetragen wurde, war schmerzhaft.

Woche um Woche verlängerte sich ihr Aufenthalt im Krankenhaus, und wenn wir nach der Visite telefonierten, war meine Großmutter jedes Mal bitter enttäuscht darüber, dass die Ärzte ihr keine Aussichten auf eine schnelle Entlassung machten. Sie klagte über das Essen und ihre Zimmernachbarin, die den ganzen Tag den Fernseher laufen ließ, und ihre Stimme klang bei jedem Anruf dünner und zerbrechlicher. Ich wollte meine Großmutter von der Tristesse im Krankenhaus ablenken, also bat ich sie, mir noch einmal zu erzählen, wie sie und mein Großvater sich kennengelernt hatten.

Diese Geschichte begann im November 1939, an einem grauen Montagmorgen, mit dichtem Nebel über den Äckern und Weiden links und rechts der Kleinbahnschienen. Meine Großmutter war damals dreizehn Jahre alt und fuhr jeden Morgen mit der Bahn in die Stadt. Sie besuchte die Höhere Mädchenschule, und an jenem Montag im November, knapp drei Monate nach dem Einmarsch der Wehrmacht in Polen, brachte ihre Klassenlehrerin eine Liste mit Namen und Feldpostnummern von Soldaten mit, die sich, sagte die Lehrerin, über Post freuen würden. Also schickte meine Großmutter den ganzen Herbst und Winter über Briefe an einen fremden Mann, einen Gefreiten, der mit Nachnamen Rademacher hieß. Sie schrieb über die Schule und ihre Freundinnen und über den Kolonialwarenladen ihrer Eltern, in dem es Lebensmittel gab, Drogeriebedarf, aber auch Schürzenstoff, Manchester-Hosen und Strickjacken. Es war ein Laden für einfache Leute, hier kauften die Handwerker, die Knechte, Mägde und Lohnarbeiter, die im Dorf wohnten.

Der Soldat antwortete. Den Krieg erwähnte er nicht, meine Großmutter wusste nicht einmal, wo er stationiert war. Stattdessen schrieb er von dem Leben, das er vor der Einberufung in die Wehrmacht geführt hatte, mit seiner Frau und vier Kindern, die in einer kleinen Wohnung in einer Stadt im Südwesten Deutschlands auf seine Rückkehr warteten. Am dritten Advent packte meine Großmutter ihm ein Feldpostpäckchen mit geräucherter Wurst, einer Tafel Schokolade, einem Stofftaschentuch mit gesticktem Initial, warmen Socken, Größe vierundvierzig, und einer braunen Papiertüte mit Kaffee. Das meiste davon stammte aus dem Sortiment des Ladens ihrer Eltern, auch der kleine Tannenbaum, ein hölzerner Christbaum, der aus einzelnen, grün lackierten Sperrholzteilen zusammengesetzt werden konnte.

Ein halbes Jahr lang wechselten meine Großmutter und der Gefreite Rademacher Briefe. Im Mai 1940 griff Deutschland dann Frankreich an, und ein Teil der Truppen, die in Polen stationiert waren, wurde nach Westen verlegt. Pfingsten schrieb meine Großmutter eine Postkarte mit kurzen Grüßen, und jetzt passierte es.

Zwei Wochen nachdem sie die Karte abgeschickt hatte, bekam sie Post von einem anderen Soldaten. Er hieß Rudolf und unterschrieb mit »Rudi«. Er war mit der Nachhut nach Frankreich gekommen, und seine Einheit war durch Autrécourt-sur-Aire gezogen, eine Stadt nicht weit von der belgischen Grenze. Dort hatte die Wehrmacht in den Räumen einer Spinnerei für kurze Zeit ein Feldlazarett eingerichtet. Die Verwundeten waren längst zurück nach Deutschland geschafft worden, das Lazarett war nicht mehr in Benutzung, und als Rudis Kompanie in den Räumen der Spinnerei ihr Lager aufschlug, fand er auf dem Fußboden den Pfingstgruß meiner Großmutter. Ein paar Tage später schrieb er an die Adresse, die als Absender angegeben war. Meine Großmutter antwortete, und bald tauschten die beiden in schneller Folge Briefe. Von dem Gefreiten Rademacher, an seinen Vornamen konnte meine Großmutter sich nicht erinnern, hörte sie nie wieder.

Das war der Anfang. Mit der Feldpostkarte, die Rudi im Frühjahr 1940 in einem aufgelassenen Lazarett in Frankreich fand, begann die Liebesgeschichte, die meine Großmutter mir jetzt, während sie im Krankenhaus lag, noch einmal ausführlich erzählte. Wir sprachen jeden Tag am

Telefon, und endlich heilte auch die Wunde an ihrem Oberschenkel.

Zu Hause erholte meine Großmutter sich schnell. Wir fanden zu unserem alten Rhythmus zurück und telefonierten nur noch an den Wochenenden, aber wir unterhielten uns weiter über die Vergangenheit, über die Jahre, die zwischen dem Fund der Postkarte und der heimlichen Verlobung im Winter 1943 lagen. Und eines Tages erwähnte meine Großmutter dann Albert Fels.

Ich war meiner Großmutter immer nah gewesen. Als ich ein Kind war, wohnten wir eine Stunde Autofahrt von ihrem Dorf entfernt, in einer Siedlung am Rand des Moors, und weil meine Eltern beide berufstätig waren, half meine Großmutter im Haushalt. Mein Großvater reiste als Vertreter und war die Woche über unterwegs. Meine Großmutter war Hausfrau. Sie war noch jung, als ich auf die Welt kam, gerade vierundvierzig Jahre alt, und sie kam jeden Donnerstag zu uns, um Wäsche zu waschen, zu bügeln, zu putzen und zu kochen. Manchmal nahm sie mich abends mit zu sich. Ich blieb über das Wochenende, und oft war ich auch in den Ferien bei ihr zu Besuch, während meine Eltern allein in den Urlaub fuhren.

Im Sommer gingen wir gleich nach dem Frühstück in den Garten. Das Dorf lag an einem Fluss, und am frühen Morgen, wenn die feine, blasse Erde noch feucht war, hing ein Hauch von Kalkgeruch in der Luft. Meine Großmutter zupfte Unkraut und harkte die Beete zwischen den Rosenbüschen, während ich mit dem alten Tretroller die Einfahrt hinunterfuhr und dann weiter über den schmalen, gepflasterten Weg, der durch den Garten führte, zwischen dem Tulpenbaum und dem Schuppen hindurch, am Hühnerstall, an der Waschküche und am ehemaligen Schweinestall entlang, in dem jetzt die Gartengeräte aufbewahrt wurden, bis zu den Himbeersträuchern. Im hinteren Teil des Gartens standen ein Apfelbaum und ein Mirabellenbaum, und davor lag der Nutzgarten, in dem meine Großmutter Gemüse anbaute, Kartoffeln, Schwarzwurzeln, Salat und Petersilie. Das Kühlhaus der Schlachterei, die dem Vetter meiner Großmutter gehörte, schloss den Garten ab, und wenn ich mit meiner Großmutter nach den Gemüsebeeten sah, in der Hand den alten Drahtkorb, in den wir die Mohrrüben für das Mittagessen legten, konnte ich das sanfte Brummen der Aggregate hören.

Bei der Gartenarbeit erzählte meine Großmutter von früher. Das älteste Gebäude auf dem Grundstück war der Schweinestall. Er stammte aus dem neunzehnten Jahrhundert, die Wände bestanden aus verwitterten Ziegelsteinen, und an der Rückseite des Stalls konnte man noch die Umrisse der Öffnung erkennen, durch die die Tiere in das Schweinehock gelangten. Später war die Waschküche dazugekommen, in der noch ein alter Herd mit einem großen Topf stand. Meine Großmutter hatte natürlich längst eine Waschmaschine, die im Haus im Badezimmer stand, aber sie sammelte die Schmutzwäsche weiter in der Waschküche. Das war umständlich, doch meine Großmutter machte die Dinge gern so, wie sie immer gemacht worden waren, und erst einige Jahre vor ihrem Tod, als sie begann, einen Rollator zu benutzen, hörte sie auf, die Wäsche durch den Garten zu tragen.

Die Wirtschaftsgebäude begrenzten den Garten auf der Seite zum Fluss hin. Auf der Straßenseite stand das Haus, in dem meine Großmutter geboren worden war und in dem sie ihr ganzes Leben verbringen sollte. Ihr Elternhaus war immer wieder umgebaut worden, aber es gab ein altes Foto, auf dem die Fachwerkfassade noch zu erkennen war. Küche und Wohnzimmer lagen im hinteren Teil, mit kleinen Fenstern zum Garten hinaus, die Schlafzimmer waren im Obergeschoss, und die Ladenräume öffneten sich zur Straßenseite, mit einem kleinen Schaufenster, das der Vater meiner Großmutter zu Ostern und in der Adventszeit festlich dekorierte.

Vor dem Zweiten Weltkrieg wohnte in dem kleineren Haus nebenan ihr Onkel mit seiner Familie. Er hieß Hermann Dilly und war Schlachter und Viehhändler. Sein Haus, alle sagten »das Nebenhaus«, war etwas niedriger, und die Wohnung im Erdgeschoss bestand nur aus einer Küche, dem Wohnzimmer und zwei Schlafzimmern, eins für die Eltern, eins für die drei Kinder. Außerdem gab es auch hier einen kleinen Ladenraum, das sogenannte Lädchen, in dem Hermann Dilly Fleisch und Wurstwaren aus eigener Herstellung verkaufte, Räucherspeck und Schinken, Mettwürste, Leberwurst.

Zu dem Nebenhaus gehörte auch eine Diele mit einem Boden aus gestampftem Lehm. Ein großes, über zwei Meter hohes Tor führte aus der Diele auf einen kleinen Platz, der gerade so groß war, dass der Pferdewagen dort halten und wenden konnten, mit dem Schweinehälften und Rinderviertel in die Fleischfabrik transportiert wurden. Von dem Platz vor der Diele aus blickte man über einen kleinen Gemüsegarten hinweg auf den Kleinbahnhof mit dem Güterschuppen. Es waren nur ein paar Schritte bis zum Schlachthaus und zur alten Scheune, in der die Felle nach dem Schlachten getrocknet und gelagert wurden, und hier, vor der Scheune, stand die Bank, auf der Albert Fels nachmittags gern in der Sonne saß.

Ein paar Tage nachdem meine Großmutter aus dem Krankenhaus entlassen worden war, erwähnte sie seinen Namen zum ersten Mal. Albert Fels, erklärte sie mir, hatte bereits als Knecht für ihren Großvater gearbeitet, den alten Dilly. Anfang der Dreißigerjahre war er ein älterer Mann, der nur noch gelegentlich in der Schlachterei aushalf und bei der Familie ihres Onkels seinen Lebensabend verbrachte.

Fels schlief in einer Kammer auf der Diele, genau wie die Magd und der andere, jüngere Knecht, und nachmittags, wenn er auf der Bank vor der Scheune saß, sah er meiner Großmutter und ihren Cousinen beim Spielen im Garten zu. Wenn die Mädchen sich stritten, schüttelte er nur den Kopf und lächelte. Na, na, na, sagte er dann, in einem leicht abgehackten Tonfall, den meine Großmutter am Telefon nachmachte, ansonsten sprach er wenig.

Meine Großmutter erinnerte sich, dass sie und die anderen Kinder immer wieder versuchten, mit leichtem Schauern einen Blick auf seinen Leistenbruch zu werfen, den er unter weiten, kittelartigen Hosen verbarg, die immer etwas dreckig waren, und alle wussten, dass Albert Fels zu viel trank. Man sah es ihm schon an der Nase an, sagte meine Großmutter, und mittags, wenn er mit der Familie von Hermann Dilly in der Küche aß, schlief er dort nach dem Mittagessen oft einfach ein.

Meine Großmutter sah ihn durch das Fenster, wenn sie von der Schule kam. Albert Fels saß auf dem einfachen Holzstuhl, der direkt neben dem Spülstein stand, die Stirn auf die Arme gebettet, sein Kopf unter einer aufgeschlagenen Zeitung verborgen, die Hermann Dillys Frau über ihm ausgebreitet hatte, um die Fliegen abzuhalten.

Als mein Großvater im Frühjahr 1940 in Autrécourt-sur-Aire die Feldpostkarte meiner Großmutter fand, begann zunächst eine Brieffreundschaft. Rudi beschrieb die Bergarbeitersiedlung in Marl-Hüls im Ruhrgebiet, in der er aufgewachsen war, erzählte von seiner Mutter, seinen Brüdern und seiner Schwester und von der Zeche Auguste Viktoria, auf der sein Vater gearbeitet hatte und auf der er selbst drei Jahre als Jungbergmann eingefahren war, bis er schließlich Soldat wurde. Nach dem Tod seines Vaters trat er 1937 in die Wehrmacht ein und verbrachte zwei Jahre an der Unteroffiziersschule in Potsdam. Rudi trieb viel Sport, er schwamm, ruderte und spielte mit den anderen Soldaten Fußball und Handball. Dann begann der Krieg, und seine Kompanie wurde erst nach Polen und im Jahr darauf nach Frankreich verlegt.

Über den Sommer hinweg bekamen die Briefe einen schwärmerischen Tonfall. Mein Großvater war einundzwanzig Jahre alt, meine Großmutter erst dreizehn, sie war noch nicht einmal konfirmiert, aber ihre Mutter, die jeden der Briefe las, hatte keine Einwände gegen die Romanze, die sich zwischen den Zeilen abzeichnete. Sie kümmerte sich damals allein um den Laden, ihr Mann war gleich zu Beginn des Krieges in die Wehrmacht eingezogen worden, und der junge Soldat, der in das Leben ihrer Tochter getreten war, versprach willkommene Abwechslung im Alltag. Sie hatte auch nichts dagegen, dass für den Herbst ein

Besuch verabredet wurde, und im Oktober 1940 stieg Rudi in der Stadt aus dem Zug, ein Soldat in Uniform, groß und schlank, mit blondem Haar.

Drei Tage sollte er bleiben, und natürlich waren meine Großmutter und er die meiste Zeit unter Aufsicht. Schulfreundinnen wurden eingeladen, und nachmittags spielten sie alle zusammen Tischtennis im langen Flur im oberen Stockwerk des Hauses. Rudi hatte zwei Schläger, eine Schachtel Bälle und ein Netz mitgebracht. Abends spielten sie in der Stube mit der Mutter meiner Großmutter Rommé und Mensch ärgere dich nicht und saßen dabei so eng nebeneinander auf dem Sofa, dass ihre Oberschenkel und die Knie sich berührten.

Rudi schlief in der Kammer neben der Küche, und am Morgen, wenn die Mutter meiner Großmutter im Laden war, hatten die beiden endlich eine halbe Stunde für sich allein und machten einen Spaziergang hinunter zum Fluss. Die Eltern meiner Großmutter besaßen dort ein kleines Grundstück mit Obstbäumen. Es lag nur einen Steinwurf von der Schleuse und der kleinen Badestelle entfernt, an der meine Großmutter Schwimmen gelernt hatte. Im Dorf hieß der fruchtbare Streifen Land am Fluss Welde, nach einem alten, niederdeutschen Wort für Überfluss und Üppigkeit, und am Nachmittag vor Rudis Abfahrt gaben meine Großmutter und er sich hier den ersten Kuss.

Dann kam Weihnachten. Die Eltern schmückten den Baum, während meine Großmutter mit ihren Cousinen in die Kirche ging. Als sie nach dem Gottesdienst hinaustraten, in ihren Wintermänteln, mit Schal, Mütze und Handschuhen, flackerten Kerzen in den Fenstern der niedrigen Fachwerkhäuser und der ganze Kirchplatz war in ein warmes Licht getaucht. Sie spazierten über die hell erleuchtete Dorfstraße, selbst die Höfe, die außerhalb lagen, waren hell beleuchtet, und als sie zur Brücke vorliefen und über die Felder blickten, tanzten überall in der Dunkelheit Lichter. Zu Hause wartete meine Großmutter in der Küche, bis die kleine Messingglocke geläutet wurde und sie die Stube betreten durfte.

Alles war wie immer, die Kerzen in den Fenstern, das Glöckchen, der Baum, dann die Weihnachtslieder, die sie gemeinsam sangen, »Stille Nacht«, »Oh, Du fröhliche«, später die Bescherung und das Abendessen, Heringssalat mit Speck und Roter Beete, und doch war in diesem Jahr alles anders. Meine Großmutter war verliebt, und Rudi, der den Heiligabend bei seiner Mutter in Marl-Hüls verbrachte, würde sie am zweiten Weihnachtsfeiertag besuchen.

Der Krieg legte eine Pause ein. Weihnachten im Jahre 1940, das war eine dieser seltsam friedlichen Zwischenzeiten, die später das einzige sein würden, was in den Erzählungen meiner Großmutter vom Krieg übrigbleiben sollte, und es muss tatsächlich ein Winter wie in einem Bilderbuch gewesen sein. Auf Fotos posiert meine Großmutter während eines Spaziergangs am Fluss entlang vor überfluteten Wiesen, die von einer dünnen Eisschicht überzogen sind.

Anschließend fuhr Rudi zurück zu seiner Einheit, die wieder nach Polen verlegt worden war. Die Truppenbewegungen gehörten zu den Vorbereitungen für den geplanten Angriff der Wehrmacht auf die Sowjetunion. Er musste davon gewusst haben, doch an Weihnachten hatte er kein Wort darüber verloren.

Sechs Monate später begann der Russlandfeldzug. Im Sommer 1941 marschierte Rudi mit der 6. Armee in die Ukraine ein. Das Ziel war Charkow, eine Industriestadt im Osten des Landes. Am 5. August war seine Einheit auf die Kleinstadt Jemtschicha vorgerückt, nicht weit von Tscherkassy, auf halber Strecke nach Charkow. Er stand am Rand eines Rübenackers, mit einem Fernglas in der Hand, als eine russische Gewehrkugel seinen linken Arm durchschlug. Er wurde zunächst in einem Feldlazarett behandelt und kam dann zurück nach Deutschland, in das Reservelazarett II in Münster.

Der Arm blieb steif, und das war ein großes Glück. Auch das war eine Geschichte, die meine Großmutter gern erzählte. Die Verletzung hatte meinen Großvater vor dem Einsatz an der Ostfront bewahrt. Er musste nicht zurück an die Front, stattdessen kam er als Feldwebel einer Ausbildungskompanie an die Infanterieschule in Potsdam, wo meine Großmutter ihn in den nächsten Jahren oft traf.

Von einem Besuch im Frühsommer 1944, damals waren sie bereits verlobt, brachte sie eine Feldpostauswahl mit Gedichten von Hölderlin mit nach Hause. Sie hatte das Buch aufbewahrt. Es lag in einer Kiste mit Romanen aus den Dreißigerjahren und Vierzigerjahren, und als ich den Stapel nach ihrem Tod durchsah und in dem Hölderlin-Band blätterte, fand ich eine getrocknete Rosenblüte zwischen den Seiten, auf denen eine bekanntere Fassung des Gedichts »Lebenslauf« abgedruckt war: »Größers wolltest auch du, aber die Liebe zwingt / All uns nieder, das Leid beuget gewaltiger, / Doch es kehret umsonst nicht / Unser Bogen, woher er kommt!«

Meine Großmutter hatte aus dem Krieg eine Liebesgeschichte gemacht, und ich hörte ihr gern zu, als sie sie in dem Sommer, in dem sie im Krankenhaus war, noch einmal am Telefon für mich erzählte. Sie hatte die Gabe, sich auf das Wesentliche zu konzentrieren. Eine Feldpostkarte in einem aufgelassenen Lazarett in den Ardennen, ein junger Soldat, der auf einem Bahnsteig steht, eine sternklare Nacht an einem See, Eierlikör in Zahnputzbechern und ein goldener Ring, der in einem Portemonnaie auf den richtigen Moment wartete, das waren einfache, kräftige Bilder, und die Geschichte von der heimlichen Verlobung und all die anderen kleinen Anekdoten hatten sich in all den Jahren nie verändert.

Erst als sie Albert Fels erwähnte, den alten Knecht, der hinter dem Haus ihres Onkels nachmittags gern auf der Bank vor der Scheune saß, fiel ein Schatten auf die Geschichten meiner Großmutter.

Fels, sagte sie, war Anfang des Krieges verschwunden. Er hatte wieder einmal tagelang zu viel getrunken, und schließlich fiel er ins Delirium und wurde in die Heil- und Pflegeanstalt in O. eingewiesen. Im Dorf hörte man nie wieder von ihm.

Man weiß ja, was damals passiert ist, sagte meine Großmutter, und tatsächlich war es nicht schwer, es sich vorzustellen. Albert Fels war Jude, und wenn er kein Opfer der sogenannten Euthanasie geworden war, dann sprach viel dafür, dass er in der zweiten Hälfte des Krieges in einem der Vernichtungslager im Osten ermordet worden war.

Wenzen liegt am westlichen Rand des Harzes, an der Bundesstraße 64, die vom Münsterland aus über Höxter und Holzminden nach Seesen führt. Es gibt eine kleine, weiß verputzte Kirche, zwei Discounter, eine Schlachterei, eine Bäckerei, und am Rand der Ortschaft, am Ende eines schmalen Weges, liegt an einem steilen Hang der jüdische Friedhof mit einer Handvoll verwitterter Grabsteine. Von hier aus schaut man weit über die hügelige Landschaft mit Wiesen, Äckern, Wäldern, ein Blick, der vor zweihundert Jahren, als der Friedhof angelegt wurde, ganz ähnlich gewesen sein muss.

Wenzen gehörte damals zum Fürstentum Braunschweig-Wolfenbüttel, in dem die Bestimmungen für die jüdische Bevölkerung vergleichsweise locker waren. Juden brauchten keinen Leibzoll zu zahlen, wenn sie die Landesgrenze überschritten, und auch den sogenannten Judeneid, bei dem erhebliche Geldsummen ohne jede Gegenleistung an den Landesherren gezahlt werden mussten, gab es hier nicht. Das war nicht selbstverständlich, und Ende des achtzehnten Jahrhunderts ließen sich darum zwei jüdische Händler aus Glauburg in der Wetterau in Wenzen nieder. Ihre Familiennamen lauteten Fels und Silberberg. Mit etwas Mühe kann man sie auf dem jüdischen Friedhof in Wenzen auch heute noch auf dem einen oder anderen Grabstein entziffern.

Einer der Nachkommen der ersten Zuwanderer war ein Mann namens Itzig Fels. Er war 1828 geboren worden und stand noch mit einem Bein in der alten Welt, in der Juden, die auf dem Land lebten, sich in engen, armseligen Nischen hatten einrichten müssen. Im Fürstentum Braunschweig-Wolfenbüttel waren die Bedingungen für Juden besser als anderswo, doch auch hier konnten sie ihren Wohnort nicht frei wählen, sie durften kein Land besitzen, und sie waren von den meisten Berufen und Handwerken ausgeschlossen. Die Juden in Wenzen und in den benachbarten Dörfern arbeiteten fast alle als fahrende Händler, Seifensieder, Kürschner oder Verkäufer von Lotterielosen, oder, wie Itzig Fels, als Schlachter und Fellhändler.

Im neunzehnten Jahrhundert wurden in vielen Amtsbezirken in Deutschland Listen mit dem Einkommen der jüdischen Einwohner angelegt, um die Beiträge zu berechnen, mit denen sich die Gemeinden an den Kosten für ihren Rabbiner beteiligen mussten. Für den Ort Wenzen haben sich die Listen erhalten. Sie liegen im Staatsarchiv in Wolfenbüttel, und aus den langen Reihen mit Namen und Zahlen geht hervor, dass Itzig Fels, der über die Höfe in der Umgebung zog, um dort zu schlachten und anschließend die Felle an den Kürschner weiterzuverkaufen, in ärmlichen Verhältnissen lebte. 1865 verdiente er gerade einmal 75 Taler im Jahr.

Seine Frau Emilie und er hatten einen Sohn, William, und eine Tochter namens Rosa, die traditionellen jüdischen Namen kamen damals gerade aus der Mode. Drei Jahre später kam seine Tochter Johanna dazu, und 1870, als ein weiterer Sohn namens Albert geboren wurde, lag Itzig Fels' jährliches Einkommen bei rund 100 Talern. Das war nicht einmal ein Drittel von dem, was die anderen Juden in Wenzen verdienten.

Doch es ging aufwärts. Die jüdischen Schlachter und Viehhändler profitierten davon, dass mit der wachsenden Bevölkerung in Deutschland in den Jahren nach der Reichsgründung auch die Nachfrage nach Fleisch stieg. 1875 hatte der Vater von Albert Fels noch 125 Taler verdient, umgerechnet 375 Goldmark, der neuen Rechnungseinheit. Zwei Jahre später waren es bereits 450 Mark, und als dieser Betrag am 16. April 1877 in die Steuerliste aufgenommen wurde, vermerkte der zuständige Beamte neben dem Namen von Itzig Fels: »Wird in acht Tagen nach Kreiensen umziehen.«

Im neu gegründeten Herzogtum Braunschweig waren die letzten rechtlichen Beschränkungen gegenüber der jüdischen Bevölkerung gefallen. Juden durften sich mittlerweile niederlassen, wo sie wollten, und viele von ihnen verließen jetzt wie Itzig Fels ihre Dörfer.

In der Kleinstadt Kreiensen, die nur einen längeren Fußmarsch von Wenzen entfernt an der Leine lag, war man der Welt im Jahre 1877 ein ganzes Stück näher. Hier kreuzten sich die Gleise der Braunschweigischen Südbahn, die im Westen bis ins Ruhrgebiet führten und im Osten bis nach Magdeburg, mit der Strecke der Hannöverschen Südbahn, die von Hannover nach Kassel verlief. Der Ausbau des Eisenbahnnetzes hatte den Viehhandel verändert, Rinder, Schweine und Schafe wurden an weit entfernte Orte verkauft, und eine ländlich gelegene Stadt wie Kreiensen, die vorher nur ein unbedeutender Fleck auf der Landkarte war, wurde jetzt zu einem wichtigen Umschlagplatz für große Mengen von Vieh.

Gleichzeitig stieg in jenen Jahren im ganzen Land die Nachfrage nach Fleisch. Auch in den Gemeinden rund um Kreiensen standen jetzt mehr Rinder und Schweine auf der Weide. Für den Schlachter und Fellhändler Itzig Fels gab es viel Arbeit, und im Dezember 1877 wurde er nach einem halben Jahr in Kreiensen mit einem Jahresverdienst von 600 Mark in die Steuerliste eingetragen. Das waren 150 Mark mehr als vor seinem Umzug.

Ein gutes Jahr später entdeckte Itzig Fels ein neues Geschäftsfeld. Nach dem Schlachten nahm er von den Höfen jetzt gelegentlich eine Notiz über eine Handvoll Rinder oder ein Dutzend Schweine mit, die zum Verkauf standen. Er arrangierte das Geschäft, und wenn das Vieh den Besitzer wechselte, strich er dafür eine Provision ein. Ende 1879 war Itzig Fels nicht mehr allein Schlachter und Fellhändler, jetzt betrieb er der Steuerliste zufolge einen florierenden Handel »mit Vieh im Umherziehen«. Mittlerweile hatte er sieben Kinder, sein Sohn Louis war noch in Wenzen geboren worden, Alma und Bertha kamen als Nachzüglerinnen in Kreiensen auf die Welt.

Die Stadt blühte. Der Viehhandel in der Region weitete sich immer mehr aus, und ein neues Bahnhofsgebäude wurde errichtet, das heute eine kleine Sehenswürdigkeit ist. Zehn Jahre nach dem Umzug kaufte Itzig Fels am Rand der Stadt Haus, Hof und Werkstatt eines Schmiedemeisters. Am 28. Juni 1887 wurde der Kaufbrief aufgesetzt. 5,1 Ar Land wurden veräußert, mit dem darauf befindlichen Wohnhaus und »allem, was drin und daran erd-, wand-, band-, niet-, mauer- und nagelfest« war. Ausdrücklich wurde ein eingemauerter Kupferkessel erwähnt, ein wertvoller Gegenstand, der in einer Schlachterei genauso von Nutzen war wie in einer Schmiede. 9.000 Mark zahlte Itzig Fels an den Schmied, und ein halbes Jahr später beantragte er bei der Herzoglichen Kreisdirektion die Anlage eines Schlachthauses. Er reichte einen Situationsplan ein, auf dem Wohnhaus und Schlachthaus eingezeichnet waren und auch der Abort, die Düngerstätte und die Stelle an der Nordseite des Grundstücks, an der die Abwässer in die Gande geleitet wurden, einen Nebenfluss der Leine.

Am 28. Dezember stellte ein Beamter in Gandersheim die Genehmigungsurkunde für die Schlachterei aus. Itzig Fels, der in diesem Jahr sechzig geworden war, führte jetzt ein kleines, solides Familienunternehmen. Sein ältester Sohn William wuchs in den nächsten Jahren in die Rolle des stellvertretenden Familienoberhauptes hinein. Er kümmerte sich gemeinsam mit dem Vater um die Angelegenheiten des kleinen Betriebs, und als seine Schwestern Rosa und Johanna heirateten, stand er als Trauzeuge an ihrer Seite.

Albert lernte von William und nicht von seinem Vater, wie man Tiere schlachtete und wie man auf dem Markt oder beim Bauern verhandelte. Noch vor dem Morgengrauen machte er sich mit seinem Bruder auf den Weg und begleitete ihn auf die Viehmärkte in der Umgebung. Hier schnappte Albert auch das seltsame Idiom auf, das William auf den Märkten sprach, jiddische und hebräische Wörter, die sich in den harten norddeutschen Dialekt mischten, und er wusste, dass er all das nur lernte, weil er möglichst bald sein Elternhaus verlassen sollte, um bei einem Schlachter oder Viehhändler in Stellung zu gehen.

Zweihundert Kilometer westlich von Kreiensen lag ein Dorf mit Fachwerkhäusern und einer alten Kirche inmitten von Äckern und Weiden, umgeben von kleinen Bauernschaften, die oft nur aus zwei oder drei Höfen bestanden. Anders als im Fürstentum Braunschweig-Wolfenbüttel hatte es hier, nicht weit von der niederländischen Grenze, lange Zeit gar keine Juden gegeben. Die Landesherren hatten den Zuzug streng begrenzt.

Das änderte sich erst zu Beginn des neunzehnten Jahrhunderts, als der Landstrich vorübergehend in das von Napoleon geschaffene Königreich Westfalen eingegliedert wurde. Die Gesetzgebung war liberal, wie in Frankreich, und an vielen Orten im Königreich Westfalen siedelten sich Juden an. In das Dorf kam damals der Schlachter und Händler Abraham Meyer. 1818 wurde in einer Liste der jüdischen Bewohner im Amtsbereich vermerkt, dass Abraham »einiges Capital-Vermögen« besitze, und zehn Jahre später hieß es in einer ähnlichen Liste, dass er und seine Frau vier Kinder hätten.

Zwanzig Jahre später heiratete seine Tochter Johanna einen Kaufmann namens Simon Abraham Simon. Er stammte aus Harpstedt bei Bremen, war ebenfalls Jude, und nach dem Tod seines Schwiegervaters übernahm er das Geschäft. Er zog über die Höfe und schlachtete, genau wie Itzig Fels in Wenzen und Kreiensen, und auch er weitete seine Unternehmungen nach und nach aus. Er kaufte Kuhhäute, Kalbfelle, Knochen und Fleisch auf, dazu Rindermägen, die er über die Grenze in die Niederlande schaffte, wo der Lab für die Käseherstellung benutzt wurde, und schließlich ließ Simon Abraham Simon sich nieder. 1867 pachtete er ein Grundstück und erwarb ein großes Haus. Er bezahlte dafür 600 Taler, das war das Jahresgehalt eines Schullehrers.

Simon Abraham Simon richtete eine Schlachterei ein und eröffnete einen Laden. In alten Ausgaben des Kreisblattes, der Zeitung, die im Dorf gelesen wurde, fand ich Anzeigen, die er aufgegeben hatte. Er bot »waschächte Cattune« und Kleiderstoffe an, außerdem führte er Sommerröcke, Strohhüte und Regenmäntel, dazu Schirme und Porzellangeschirr, Kleesamen und Thymiantee, und weil es kein einfaches Wort für so eine Art Laden gab, bezeichnete Simon Abraham Simon sein Geschäft in den Anzeigen als »Tuch-, Manufactur-, Mode-, Waren- und Producten-Handlung«, gelegentlich ergänzt durch einen Hinweis auf das Sortiment »fertiger Mäntel & Jacken«. Hier gab es also alles zu kaufen, was man damals auf dem Land benötigte. Konkurrenz gab es kaum, und eigentlich wäre alles gut gewesen, wenn die beiden Söhne von Simon Abraham Simon sich ein wenig mehr für das kleine Unternehmen ihres Vaters interessiert hätten. Doch sie träumten von einem eigenen Geschäft in der Stadt, und schließlich, Simon Abraham Simon war bereits über siebzig Jahre alt, machte er sich auf die Suche nach einem Angestellten, der ihm in seinem Betrieb zur Hand gehen sollte.

Ich weiß nicht, wie die Nachricht Albert Fels erreichte, vielleicht über seinen zwei Jahre jüngeren Bruder Louis, der ein paar Jahre zuvor als Kaufmann ins Ruhrgebiet gegangen war und sich im Nordwesten Deutschlands ein kleines Netzwerk von Kontakten aufgebaut hatte, möglicherweise auch über einen der fahrenden Händler, die den Eisenbahnknotenpunkt Kreiensen in ein Umschlagplatz nicht nur für Waren, sondern auch für Nachrichten verwandelt hatten.

Auf jeden Fall war Albert Fels fünfundzwanzig Jahre alt und schon viel zu lange im Haus seiner Eltern geblieben. Im Sommer 1895 trat er darum in das Unternehmen von Simon Abraham Simon ein, und so kam er in das Dorf, in dem vierzig Jahre später meine Großmutter auf die Welt kommen sollte.

Alle Wege führten in die Vergangenheit. Die Spielsachen im Haus meiner Großmutter zum Beispiel hatten sich über drei Generationen angesammelt. Der Tretroller, mit dem ich durch den Garten fuhr, stammte aus den Fünfzigerjahren, aus der Zeit, als meine Mutter ein Kind war, genau wie das Dreirad, das Schaukelpferd mit dem ledernen Zaumzeug und der Bollerwagen. Die Kinderbücher meiner Mutter gab es ebenfalls noch, und manche der Bücher, in denen ich blätterte, wenn ich auf dem dicken Teppich im Wohnzimmer saß, hatte bereits meine Großmutter in ihrer Kindheit gelesen, den »Struwwelpeter« oder »Lampes Wochenende« mit den Bildunterschriften in Fraktur. Auch mit der großen Puppenstube, die im Obergeschoss im Bügelzimmer stand, hatte schon meine Großmutter gespielt, mit den Holzklötzchen mit den aufgeklebten Märchenmotiven und dem hölzernen Mensch-ärgere-dich-nicht-Spiel, bei dem der Würfel in einem kleinen, an einer Spirale befestigten Glasgefäß untergebracht war.

Dann gab es noch den Kaufmannsladen. Er bestand aus einem langen Tresen mit einer Waage und einer kleinen Registrierkasse, dahinter ein Regal mit säuberlich beschrifteten Schubladen, Mehl und Grieß, Sago, Zimt, Rosinen. Meine Großmutter hatte ihn zum fünften Geburtstag geschenkt bekommen.

Das Geschäft ihrer Eltern muss Anfang der Dreißigerjahre ganz ähnlich ausgesehen haben, nur dass es noch einen zweiten Tresen gab, auf dem die Stoffbahnen ausgerollt und abgemessen werden konnte. Ihr Vater war gelernter Textilkaufmann, und als er Mitte der Zwanzigerjahre die Mutter meiner Großmutter heiratete und den Kolonialwarenhandel seines Schwiegervaters übernahm, ergänzte er das Angebot durch Stoffballen und Schnittmuster und durch Kleidung, die er von der Stange verkaufte, so wie Simon Abraham Simon es früher gemacht hatte. Und auch der Vater meiner Großmutter zählte in Zeitungsanzeigen und auf seinem Rechnungsblock stolz sein ganzes Sortiment auf: »Manufaktur- und Modewaren, Aussteuer-Artikel, Damen- und Herren-Bekleidung, Kolonialwaren, Sämereien, Porzellan«.

Die alte Waage mit den dazugehörigen Gewichten hatte meine Großmutter aufbewahrt, im Keller neben dem Regal mit den Einweckgläsern, und auch den schweren Geldschrank gab es noch. Er stand im Kontor, dem kleinen Raum neben dem Wohnzimmer, in dem der Vater meiner Großmutter früher die Buchführung erledigt hatte. Mein Großvater, der das Kontor später als Büro benutzte, bewahrte in dem Geldschrank seine Briefmarkensammlung auf, Sparbücher, eine Handvoll Wertpapiere und einen Ordner mit Verträgen und anderen Papieren, die Haus und Grundstück betrafen. Hier tauchte der Name Simon Abraham Simon auf.

Das Haus stand auf Pachtland. Das Dorf war vor Hunderten von Jahren rund um einen großen Bauernhof entstanden, und bis heute sind Grund und Boden in der Hand von zwei Familien. Als der Erbpachtvertrag für das Grundstück, auf dem das Haus meiner Großeltern stand, in den Achtzigerjahren erneuert werden sollte, hatte mein Großvater die Dokumente, die er im Geldschrank aufbewahrte, durchgesehen und neu geordnet. Das älteste Schriftstück war der Vertrag von 1868, als Simon Abraham Simon das 54 Quadratruten große Grundstück übernahm, das sind gut 760 Quadratmeter, für die er jährlich sechs Taler Pacht zahlte. Danach gab es eine größere Lücke. Und Albert Fels wurde in den Unterlagen überhaupt nicht erwähnt.

Die Familienverhältnisse um 1900 waren verwickelt. Der alte Dilly hatte ein außereheliches Kind, das bei seinen Großeltern aufwuchs, außerdem gab es unzählige Tanten und Onkel, Cousins und Cousinen. Und obwohl meine Großmutter erst fünfundzwanzig Jahre später auf die Welt kommen sollte, überschaute sie das komplizierte Geflecht der verwandtschaftlichen Beziehungen auch noch im hohen Alter bis in die feinsten Verästelungen hinein, und wenn sie von ihren Großeltern und den frühen Jahren erzählte, dann rückte diese Zeit so nah wie andere, jüngere Episoden der Familiengeschichte.

Einzelne Stränge reichten weit in das neunzehnte Jahrhundert zurück. Der Großvater meiner Großmutter war 1865 auf die Welt gekommen, in einer Bauernschaft auf der anderen Seite des Flusses. Seine Eltern waren arme Heuerleute. Sie besaßen kein eigenes Land und wohnten in einem kleinen Haus, das zu einem größeren Hof gehörte. Heuerleute gab es vor allem im Nordwesten Deutschlands. Sie mussten ihrem Bauern im Frühjahr beim Pflügen und Säen helfen und im Sommer bei der Ernte, und als Gegenleistung durften sie ein kleines Stück Ackerland bewirtschaften, für das sie obendrein Pacht zahlen mussten. Oft blieb ihnen nicht genug Zeit, um sich neben der Arbeit für ihren Bauern um die eigene Ernte zu kümmern, und viele Heuerleute versuchten darum, ein paar Taler oder Mark dazuzuverdienen, indem sie im Winter in Heimarbeit Holzschuhe schnitzten oder Flachs zu Garn spannen. Andere gingen als Saisonarbeiter in die Niederlande, um als Hollandgänger auf der anderen Seite der Grenze für einen schmalen Lohn Gras zu mähen.

Es war nicht einfach, aus diesem Leben herauszukommen. Die Kinder der Heuerleute arbeiteten, wenn sie alt genug waren, oft als Knecht oder Magd für den Hofbesitzer, und wenn sie eine Familie gründeten, ließen sie sich selbst als Heuerlinge nieder.

Der Großvater meiner Großmutter jedoch war eine Ausnahme. Sie hatte mir die Geschichte häufig erzählt, jedes Mal, wenn wir mit dem Auto durch die Bauernschaft fuhren, in der er aufgewachsen war. Er war nicht auf dem Hof geblieben, zu dem die Heuerstelle seiner Eltern gehörte, sondern war als junger Mann ins Dorf gekommen, um für den Schlachter, Viehhändler und Kaufmann Simon Abraham Simon zu arbeiten. Er heiratete und bekam erst eine und dann noch eine weitere Tochter, und als Simon Abraham Simon starb, so hatte meine Großmutter es mir erzählt, übernahm ihr Großvater die Schlachterei, die Viehhandlung, den Laden und die beiden Wohnhäuser und brachte es in den nächsten Jahren und Jahrzehnten zu einigem Wohlstand.

Woher er das Geld für die Übernahme des kleinen Unternehmens hatte, wusste meine Großmutter nicht. Stattdessen fand sich in dem Ordner mit den Unterlagen ein handschriftlicher Hinweis meines Großvaters mit einer Jahresangabe. 1899 hatte der alte Dilly laut dieser Notiz den

Erbpachtvertrag auf seinen Namen umschreiben lassen und damit den Grundstein für seinen Aufstieg gelegt. Aus dem Sohn armer Heuerleute sollte ein erfolgreicher Geschäftsmann werden.

Das war die eine Geschichte. Die andere fand ich im Archiv.

Auch in dem Amtsbezirk, in dem das Dorf meiner Großmutter lag, wurden Listen mit den Einkünften und Steuerabgaben der jüdischen Einwohner geführt. Albert Fels tauchte hier zum ersten Mal 1895 auf, als er sechs Mark Einkommenssteuer zahlte. Er hatte im Sommer angefangen, für Simon Abraham Simon zu arbeiten, und es war das erste Mal in seinem Leben, dass er eigenes Geld verdiente.

Beinahe hätte er sich noch im selben Jahr eine neue Arbeit suchen müssen, denn im Herbst 1895 starb Simon Abraham Simon, und seine Söhne wollten das Dorf nach dem Tod ihres Vaters so bald wie möglich verlassen. Sie begannen, nach einem Käufer für den Betrieb ihres Vaters zu suchen. Die Angelegenheit zog sich hin, und die Söhne führten die Geschäfte zunächst halbherzig weiter. Sie kümmerten sich vor allem um den Laden. Die Arbeit in der Schlachterei und den Viehhandel überließen sie dem jungen Mann aus Wenzen, den ihr Vater kurz vor seinem Tod eingestellt hatte, und einem Schlachtergesellen namens Dilly, der schon länger dabei war.

Für Albert Fels wurde es ein langer Winter. Er wusste nicht, wie lange er noch Arbeit hatte, und gleichzeitig trafen aus Kreiensen schlechte Nachrichten ein. Itzig Fels war bereits krank gewesen, als Albert das Haus seiner Eltern verlassen hatte, doch Ende des Jahres hatte sich sein Zustand noch einmal verschlechtert. William, der längst die Geschäfte übernommen hatte, drängte seinen Vater, das Erbe zu regeln, und am 27. Februar 1896 kamen ein Amtsrichter und ein Schreiber aus Gandersheim nach Kreiensen. »Man traf den Requierenten auf einer Kammer im zweiten Stock im Bette liegend, jedoch vollständig dispositionsfähig«, heißt es im Protokoll, »zugleich sistierten sich die Ehefrau des genannten Fels, Emilie geb. Frankenberg, und der Schlachter William Fels.«

Ein Hausverlasskontrakt wurde abgeschlossen. William, dem Ältesten, wurden Haus und Hof zugesprochen. Seinen Eltern musste er im Gegenzug ein Altenteil gewähren, mit einer Wohnung im zweiten Stock, »Essen und Trinken am Tisch des Annehmers« und einer Mark Taschengeld in der Woche. Seine Geschwister wurden abgefunden. Alma und Bertha bekamen je 1.000 Mark, mit Aussicht auf weitere 500 Mark, wenn sie eine Ehe eingingen. Rosa, die älteste der drei Mädchen, war bereits verheiratet und hatte ihr Erbe schon mit der Aussteuer ausgezahlt bekommen. Williams jüngerer Bruder Louis, dem der Vater die teure Ausbildung zum Kaufmann finanziert hatte, erhielt 300 Mark. Sein Bruder Albert sollte »ein gutes zweischläfriges Bett« bekommen, das alte Ehebett seiner Eltern, dazu Laken und Bezüge. Außerdem bekam er 500 Mark in bar zuerkannt.

Das war kein Vermögen, aber es war genug für eine Anzahlung. Albert Fels übernahm die Firma Simon. Nur vier Tage, nachdem der Hausverlasskontrakt im Haus der Familie Fels unterschrieben worden war, erschien im Kreisblatt eine Anzeige, in der die Söhne von Simon Abraham Simon erklärten, dass sie das Geschäft ihres Vaters aufgaben.

Albert Fels war jetzt selbständig. Am Ende des Jahres zahlte er laut Steuerliste zum ersten Mal Gewerbesteuer in Höhe von 16 Mark, und er zahlte sie allein. Nicht er hatte also für den alten Dilly gearbeitet, es war umgekehrt gewesen.

Die Söhne von Simon Abraham Simon eröffneten in der Stadt ein Textilgeschäft, in dem sie Stoffe verkauften und als Alleinvertreter mit »Naumanns Nähmaschinen« handelten. Fels hatten sie zunächst nur die Einrichtung der Schlachterei überlassen. Für die Wohnhäuser und die Wirtschaftsgebäude zahlte er Miete, und der Pachtvertrag für das Grundstück lief zunächst noch auf den Namen der Söhne.

Fels, der nur ein einzelnes Zimmer bewohnt hatte, zog jetzt in das Nebenhaus. Das Haupthaus vermieteten die Brüder Simon dem Großvater meiner Großmutter, der bereits verheiratet war und zwei kleine Kinder hatte, zwei Mädchen, Anna und Marie.

Die beiden Männer kamen gut miteinander aus, und nach den ersten drei Jahren, in denen Albert Fels das kleine Unternehmen allein führte, machte er den Großvater meiner Großmutter zu seinem Geschäftspartner. Sie gründeten ein gemeinsames Unternehmen in Form einer Offenen Handelsgesellschaft, die OHG Dilly & Fels, und übernahmen jetzt auch die Gebäude und den Pachtvertrag. Startkapital besaßen sie nicht, und der ältere der beiden Söhne von Simon Abraham Simon räumte ihnen großzügig einen langfristigen Kredit ein, den sie in kleinen Raten zurückzahlten. Das war 1899, in dem Jahr, das auch in den Unterlagen meines Großvaters erwähnt wurde.

Die Verträge aus dieser Zeit gibt es nicht mehr. Der einzige Beleg für die Gründung der Handelsgesellschaft ist der Eintrag in den Steuerlisten und ein Foto mit einer vagen Jahresangabe in einem der alten Alben meiner Großmutter. Im Hintergrund kann man die Fachwerkfassade von dem Haus erkennen, in dem der Großvater meiner Großmutter wohnte. Er steht rechts im Bild, ein kräftiger, breiter Mann mit Schlachterschürze und Hut, und gemeinsam mit einem Bauern, der eine Arbeitsjacke trägt, hält er an einer schweren Eisenkette einen gut genährten, fast mannshohen Bullen, der gerade verkauft worden ist. Links im Bild ist ein weiterer Mann zu sehen. Er ist groß und hager, trägt einen Hut und ein Hemd mit aufgerollten Ärmeln, außerdem hat er einen eindrucksvollen Schnurrbart. Es ist Albert Fels, der damals etwa dreißig Jahre alt gewesen sein muss und kein Knecht war, sondern einer der beiden Eigentümer des kleinen Unternehmens. »Um 1900« steht auf der Rückseite des Fotos. Der Verkauf des Bullen war wohl eines der ersten Geschäfte der Offenen Handelsgesellschaft Dilly & Fels.

Bald nahm auch die Kleinbahn ihren Betrieb auf. Pläne dafür gab es schon seit einigen Jahren, und die Aussicht, dass das Dorf und die umliegenden ländlichen Gemeinden an den Güterverkehr angeschlossen werden sollten, hatte sicher eine Rolle bei der Entscheidung von Albert Fels gespielt, den Betrieb von Simon Abraham Simon zu übernehmen. 1902 begannen die Bauarbeiten, und 1904 wurde die Strecke eröffnet, mit einem eigenen Bahnhofsgebäude im Dorf, zu dem auch eine Viehwaage gehörte. Drei Lokomotiven waren auf der Strecke im Einsatz, und ab jetzt konnte das Vieh, das Dilly & Fels aufkaufte, gleich in die nächste Stadt transportiert werden, wo es umgeladen wurde, um auf dem Viehmarkt in O. von einem Großhändler weiter ins Ruhrgebiet verkauft zu werden.

Das Auftragsvolumen der OHG Dilly & Fels stieg, und der geschäftliche Erfolg hinterließ seine Spuren auch im Grundbuch. 1908 erwarben die beiden Geschäftspartner ein größeres Stück Weideland, und als der alte Dilly Mitte der Zwanzigerjahre starb, hinterließ er ein kleines Geschäftsimperium, zu dem nicht nur die Viehhandlung, die Schlachterei und ein Kolonialwarenladen gehörten, sondern auch Grundbesitz und Häuser. Albert Fels war damals schon lange nicht mehr sein Geschäftspartner, und in den Dreißigerjahren, als meine Großmutter ein Kind war, wollte sich in ihrer Familie niemand mehr an die OHG Dilly & Fels erinnern.

Ich war Anfang vierzig und arbeitete in der Literaturredaktion eines Radiosenders. An freien Tagen saß ich mit meinen Notizen zu Hause am Küchentisch. Ich versuchte, den Lebenslauf des jüdischen Viehhändlers Albert Fels zu rekonstruieren und ihn in Einklang zu bringen mit den Geschichten, die meine Großmutter mir über die Vergangenheit unserer Familie erzählte.

Es war ein Puzzlespiel, und manchmal schloss sich unerwartet eine Lücke. Vor einigen Wochen zum Beispiel hatte ich mit einer Frau namens Ilse Simons telefoniert, die in Südafrika lebte. Sie war 1932 in der Nähe der Kleinstadt Theunissen im Oranje-Freistaat auf die Welt gekommen. Ihre Eltern waren deutsche Juden, die nach dem Ersten Weltkrieg ihr Heimatland verlassen hatten, um in Südafrika ein neues Leben auf einer Farm zu beginnen. Ilses Mutter baute Kartoffeln an, mähte mit der Sense das lange, harte Steppengras, das auf der Wiese hinter dem Stall wuchs, sie molk Kühe, schor Schafe und schlachtete Hühner, während ihr Vater sich um den Handelsposten kümmerte, der zur Farm gehörte. Er verkaufte Kaffee und Lebensmittel, Kleidung, Kurzwaren und Werkzeuge an die anderen Siedler. Es gab Süßigkeiten für die Kinder, einen Alkoholausschank, und sein Laden fungierte auch als Postamt.

Der einsam gelegene Handelsposten muss dem Geschäft recht ähnlich gewesen sein, das Simon Abraham Simon im Dorf meiner Großmutter geführt hatte und das Albert Fels später von ihm übernahm, ein Geschäft, das auch Ilse Simons' Mutter gut gekannt hatte. Sie war 1901 als Gertrud Fels auf die Welt gekommen, als Tochter von Albert Fels und seiner Frau Betty.

Ilse Simons war die Enkelin von Albert Fels. Sie war mittlerweile Anfang achtzig, nur wenige Jahre jünger als meine Großmutter. Sie lebte in Durban an der Ostküste Südafrikas, wo sie mit ihrem Mann ein Möbelgeschäft geführt hatte. Am Telefon sprach sie Englisch, ihre Eltern hatten sie in Theunissen auf eine britische Schule gegeben, und manchmal wechselte sie für ein paar Sätze ins Deutsche, die Sprache, die ihre Eltern zu Hause gesprochen hatten.

Viel hatte ihre Mutter ihr nicht über ihre Kindheit und Jugend in Deutschland erzählt. Ilse hatte mir versprochen, nach einem Karton mit Familienerinnerungen zu suchen, den sie auf dem Dachboden ihres Hauses in Durban vermutete. Als ich wieder einmal am Küchentisch saß und meine Notizen durchging, klingelte es an der Tür und ein UPS-Bote überreichte mir einen wattierten Din-A4-Umschlag mit einem leuchtend gelben Express-Aufkleber. Ilse hatte ihre Lebensgeschichte für mich in einem langen Brief aufgeschrieben, und dazu hatte sie einen Stapel alter Postkarten gelegt, die Heiratsurkunde ihrer Eltern und auch die Einladung zur Hochzeitsfeier von Albert Fels und seiner Frau im Herbst 1900. Ein weiteres Puzzleteil.

Im neunzehnten Jahrhundert gab es viele jüdische Heiratsvermittler. Sie stellten, oft über weite Entfernungen hinweg, Kontakte zwischen Familien oder einzelnen Personen her, die in einer Ehe münden konnten. Auch Albert Fels und Betty Cohn müssen auf diesem Weg zueinander gefunden haben. Ihr Familienhintergrund war ähnlich. Betty war 1868 in Rastede im Herzogtum Oldenburg als Tochter eines jüdischen Schlachters auf die Welt gekommen, mehr als 100 Kilometer vom Dorf meiner Großmutter entfernt und ganz in der Nähe der Kleinstadt, in der ich selbst aufgewachsen bin.

Über die ersten Jahre ihres Lebens habe ich kaum etwas in Erfahrung bringen können. Als Betty Cohn heiratete, war sie bereits zweiunddreißig Jahre alt und arbeitete in Aumund bei Bremen als Gesellschafterin. Besser gestellte Familien beschäftigten damals gern junge, unverheiratete Frauen, die der Dame des Hauses die Zeit vertrieben. Sie lasen ihr vor, leisteten ihr bei Handarbeiten Gesellschaft und begleiteten sie auf Reisen. Manchmal übernahmen sie auch die Aufgaben einer Gouvernante und kümmerten sich um die Erziehung der Kinder.

Albert Fels hatte sich nur wenige Tage nach seinem dreißigsten Geburtstag mit Betty verlobt. Am 1. März 1900 erschien die Anzeige im Kreisblatt, und am 24. Oktober des gleichen Jahres wurden sie laut Standesregister getraut: »Am heutigen Tage schlossen vor dem hiesigen Standesbeamten die Ehe: Der Kaufmann Albert Fels, mosaischer Religion, geboren in Wenzen, Kreis Gandersheim, am 27. Februar 1870, und die Gesellschafterin Betty Rebecca Cohn, wohnhaft zu Aumund, Kreis Blumenthal, mosaischer Religion.«

Die Hochzeitsfeier fand eine Woche später in Hannover statt. Betty hatte zuletzt bei Bremen gewohnt, ihre Eltern bei Oldenburg, und Albert Fels' Geschwister hatten sich in den letzten Jahren von Kreiensen aus über den ganzen Nordwesten Deutschlands verteilt. Hannover war für die meisten Gäste also einfacher zu erreichen als ein abgelegenes Dorf in der Nähe der holländischen Grenze.

Geladen wurde in das Restaurant »Börse« in der Osterstraße, im Viertel zwischen Opernhaus, Bahnhof und Leine, das damals das Zentrum des Hannoveraner Wirtschaftslebens war. Gleich um die Ecke des Restaurants lag der Versammlungsraum der »Kaufmännischen Vereinigung«, wo sich um die Mittagszeit Bankiers und Makler trafen, um mit Wertpapieren zu handeln. Viele von ihnen waren Juden, die in den letzten zwanzig, dreißig Jahren vom Land in die Stadt gekommen waren und jetzt erfolgreich Geschäfte machten. Albert Fels hatte das Lokal mit Bedacht ausgewählt. Wer in dieser Nachbarschaft seine Hochzeitsfeier ausrichtete, war kein kleiner Schlachter und Viehhändler, für den im elterlichen Betrieb kein Platz war, sondern ein aufstrebender Unternehmer.

Auf der Einladungskarte, die Ilse Simons in dem Karton mit Familiendokumenten gefunden hatte, war das vollständige Menü abgedruckt. Die Vorspeise nahm sich noch bescheiden aus, es gab eine Bouillon mit Einlage, doch das Hauptgericht unterteilte sich gleich in mehrere Gänge. Zunächst wurde Salmi von Hähnchen serviert, anschließend Lachs mit Mayonnaise, Roastbeef à la Westmoreland, Stangenspargel mit Pökelbrust und Zunge, und schließlich wurde Gänsebraten gereicht, dazu verschiedene Salate. Auch das Dessert war üppig, auf eingemachte Früchte folgten eine Eisbombe, frisches Obst und schließlich Torte. Dazu wurde Mokka serviert. Ob jemand aus dem Dorf meiner Großmutter bei der Feier dabei war? Eine Gästeliste hat sich nicht erhalten.

Albert Fels richtete sich mit seiner Frau im Nebenhaus ein. Ein Jahr nach der Hochzeit bekamen sie ein Kind, ihre Tochter Gertrud, und auch im Haupthaus gab es Nachwuchs. Der Großvater meiner Großmutter hatte bereits zwei Töchter, und im Frühjahr 1900 wurde sein Sohn Hermann geboren. Hermann war zwei Jahre alt, als seine Mutter starb, und 1903 heiratete der alte Dilly erneut. Mit seiner zweiten Frau bekam er eine weitere Tochter, die auf den Namen Wilhelmine getauft wurde. Sie sollte die Mutter meiner Großmutter werden. Es gab also nicht nur eine, es gab zwei Familien, die damals auf dem Grundstück lebten.

Betty Fels war eine interessante Erscheinung. Ilse hatte mir eine Porträtaufnahme von ihrer Großmutter geschickt, die sie in einer schmal geschnittenen Jacke zeigte, mit breitem, dreigeteilten Kragen und einem Hut mit Feder. Auch sie war auf dem Land aufgewachsen, und als Tochter eines Schlachters kam sie sicher aus einfachen Verhältnissen, doch während der Zeit, die sie in Aumund im Haushalt von Amalia Meyer verbracht hatte, einer begüterten, alleinstehenden Frau, hatte sie sich an einen bürgerlichen Lebensstil gewöhnt, mit Teestunde und gepflegter Konversation.

Mit Betty Fels kam ein Stück von einer anderen Welt ins Dorf, und am meisten war davon Anna fasziniert, die älteste Tochter vom Großvater meiner Großmutter. Sie war zehn Jahre alt, als Albert Fels heiratete, und nach der Schule schaute sie oft kurz im Nebenhaus bei Betty vorbei.

Sie durfte dabei sein, wenn die kleine Gertrud gefüttert oder gebadet wurde, Betty zeigte ihr, wie man stickte, und manchmal durfte Anna sogar einen Blick in Bettys Schmuckschatulle werfen. Wenn sie mit ihrer Mutter und ihren Geschwistern zu Verwandten nach Bad Rothenfelde in die Ferien fuhr, schrieb sie Urlaubspostkarten an die Nachbarin, und im Juni 1902, als Betty mit ihrer Tochter ein paar Tage bei Amalia Meyer in Aumund verbrachte, antwortete Anna auf einen Urlaubsgruß: »Liebe Tante Fels! Wir sind alle wohlauf. Die schönen Karten habe ich erhalten, und mich dazu sehr gefreut. Besten Gruß von uns allen, besonders von Anna.«

Anna Dilly, die als Tante Anna auch in den Erzählungen meiner Großmutter auftauchte, war vor langer Zeit gestorben, und zu ihrem Teil der Familie hatte ich keinen Kontakt. Nachdem ich die Postkarten nach und nach entziffert hatte, die Schrift war zum Teil verblasst, manchmal konnte man nur noch einzelne Wörter erkennen, rief ich Annas Enkel an, der auch schon ein älterer Mann war, und einige Wochen später fand sich in seinem Haushalt ganz hinten in einem Schrank unter einem Stapel alter Bettdecken tatsächlich eine Handvoll Karten, die den Absender »Betty Fels« trugen.

Es waren die Gegenstücke zu den Postkarten, die Ilse in Durban auf dem Dachboden gefunden hatte. Einige waren in Aumund aufgegeben worden, die meisten jedoch auf der Nordseeinsel Wangerooge, wo Betty über Jahre hinweg Urlaub mit ihrer Tochter Gertrud machte: »Heute ist der dritte Tag, dass wir Regen haben, dann schreibt man am liebsten. Sonst ist es hier sehr schön.«

Die Texte waren kurz, manche Stempel waren verwischt, doch als ich die Postkarten auf dem Küchentisch ausbreitete, zusammen mit den Karten, die ich aus Südafrika bekommen hatte, zeichnete sich das Bild einer zarten Freundschaft ab. Es war eine jener Konstellationen, die in den Büchern über die Geschichte der Juden in Deutschland für die Zeit des neunzehnten Jahrhunderts und die Jahre vor dem Ersten Weltkrieg gern herausgehoben werden, ein harmonisches Nebeneinander von Juden und ihren nichtjüdischen Nachbarn, für das es vor allem auf dem Land einige Belege gibt und das mit Blick auf die bevorstehende Katastrophe besonders warm zu leuchten scheint.

Dann zerfiel die eine der beiden Familien. Betty Fels war im Spätsommer 1903 noch einmal schwanger geworden, aber das Kind sollte das Licht der Welt nicht erblicken. »Den vorgenannten Eheleuten wurde am 30. April 1904 ein toter Knabe geboren«, vermerkte der Standesbeamte im Register neben dem Eintrag über die Eheschließung.

Probleme hatte es schon vorher gegeben. Auch davon erzählten die Postkarten. Betty war im Dorf nie heimisch geworden, und nach der Fehlgeburt nutzte sie jede Gelegenheit, um dem Geruch von Mist, von Schlachtabfällen und getrockneten Tierhäuten zu entkommen, der bis in das Schlafzimmer ihrer Wohnung im Nebenhaus drang. So oft wie möglich fuhr sie nach Aumund, verbrachte Tage und Wochen bei Amalia Meyer, floh in die vertraute Welt der

Teestunden, Stickrahmen und gepflegten Konversationen, während ihr Mann mit schmutzigen Stiefeln bei einem Bauern in einem Stall stand, um Kälber und Ferkel feilschte, Schnaps trank und spät am Abend betrunken nach Hause kam.

Eine Zeitlang stritten sie noch, wenn Betty aus Aumund zurückkehrte. Schließlich hörten sie auch damit auf. In einer Urlaubskarte, die Betty Fels im August 1909 aus Wangerooge an Anna Dilly richtete, die mittlerweile siebzehn Jahre alt war, fasste sie die Situation in einem Satz zusammen: »Fels schreibt nicht, an den schreibe ich auch nicht wieder.«

Vier Jahre später ließ Betty Fels sich scheiden.

Der Standesbeamte arbeitete gründlich und dokumentierte die Scheidung von Albert Fels und seiner Frau, indem er die Abschrift des Gerichtsurteils in seine Akten aufnahm. Schon der erste Teil las sich recht eindrucksvoll. Betty Fels, geborene Cohn, hatte am 6. März 1913 in O. vor der 1. Zivilkammer des Königlichen Landgerichts Klage gegen ihren Ehemann eingereicht. Sie begründete die Klage damit, dass er zu viel trinke und sie außerordentlich roh behandele. Außerdem, gab Betty Fels zu Protokoll, habe ihr Mann der Magd und dem Dienstmädchen »Anträge auf Geschlechtsverkehr gestellt« und sich »auch außer dem Hause unerlaubtem Geschlechtsverkehr hingegeben«, mit der Folge, dass er sich eine Geschlechtskrankheit zugezogen habe.

Drei Frauen aus dem Dorf waren vor Gericht geladen, um diese Vorwürfe zu bezeugen. Die Namen sagten mir nichts, auch meine Großmutter hatte sie noch nie gehört. Keine von ihnen gehörte zur Familie Dilly, die sich aus dem Streit vor Gericht offenbar herausgehalten hatte. Die Zeuginnen erzählten, dass Albert Fels, wenn er mit dem Pferdewagen unterwegs sei, um Vieh aufzukaufen, auf dem Rückweg jedes Mal so betrunken sei, dass der Knecht ihn mit einem Kälberstrick auf dem Kutschbock festbinden müsse, damit er nicht vom Wagen falle. Fels trinke auch zu Hause, erklärten sie und bestätigten, dass er seine Frau vor ihrem Auszug aus der Wohnung böse beschimpft habe. Seinen Rausch habe er anschließend in der Küche ausgeschlafen, manchmal habe er bis zum nächsten Morgen auf dem Fußboden gelegen, und die Zeuginnen berichteten auch von Kaffeerunden, bei denen Albert Fels betrunken am Tisch gesessen habe, bis er zuletzt eingeschlafen und mit dem Gesicht in den Teller gefallen sei. Eskaliert sei die Situation im Jahr zuvor, als seine Tochter Gertrud im April eine längere Zeit im Krankenhaus verbracht hatte.

Von dem Krankenhausaufenthalt wusste ich. In dem Umschlag aus Südafrika waren auch einige Postkarten gewesen, die an Gertrud gerichtet waren, darunter eine Karte aus dem Frühjahr 1912, die an das Krankenhaus adressiert war: »Siehst Du! Deine Mutter hält ihr Versprechen und sendet Dir diese Karte. Nun bitte ich Dich herzlich, befolge, was Schwester Flavia Dir sagt. Am Sonnabend sehen wir uns so Gott will wieder.« Betty richtete Grüße von Nachbarn und Nachbarinnen aus, Gertruds Vater, ihren Mann, erwähnte sie jedoch nicht.

Die Zeuginnen berichteten vor Gericht, dass Albert Fels damals gleich mehrere Tage im Rausch verbracht und seiner Frau im Krankenhaus eine hässliche Szene gemacht habe. Im Sommer seien die Auseinandersetzungen zwischen den Eheleuten noch einmal heftiger geworden. Fels soll seiner Frau Prügel angedroht haben, und an einem Tag Ende Juli habe er sie tatsächlich geschlagen, ja sogar gewürgt. Am 2. August, so hieß es in dem Gerichtsprotokoll, habe Betty Fels das Dorf verlassen und sei mit ihrer Tochter nach Aumund zu Amalia Meyer gezogen.

Bei der Gerichtsverhandlung ging es auch um Geld.

Scheidungsprozesse endeten damals mit einem Schuldspruch, und wenn der Mann allein schuldig gesprochen wurde, musste er seiner Frau nach Auflösung der Ehe einen standesgemäßen Unterhalt zahlen.

Der einzige Weg, das zu verhindern, war in Paragraf 1574 des Bürgerlichen Gesetzbuchs festgehalten. Der Mann hatte die Möglichkeit, Widerklage zu erheben, um damit zu erreichen, dass nicht er allein, sondern auch seine Ehefrau vor Gericht für schuldig erklärt wurde. In diesem Fall gab es keine Verpflichtung zu Unterhaltszahlungen, und so hatte Albert Fels zunächst sämtliche Vorwürfe seiner Frau zurückgewiesen. »Der Beklagte sei ein durchaus ruhiger und ordentlicher Mensch und nicht dem Trunke ergeben«, so wird sein Vortrag in der Abschrift des Urteils zusammengefasst. »Es komme wohl vor, dass er beim Viehhandel etwas viel trinke, aber ihn deswegen als Trinker zu bezeichnen, gehe nicht an. Von einer schlechten Behandlung der Klägerin durch den Beklagten könne keine Rede sein. Die Klägerin selbst neige vielmehr zu Streitigkeiten, und sie habe dem Beklagten wiederholt Schläge angeboten. Unwahr sei, dass der Beklagte geschlechtskrank gewesen sei. Er habe der Klägerin auch stets genug Mittel für den Haushalt zur Verfügung gestellt, diese habe aber zu viel Geld verbraucht.«

Dann folgte die Begründung der Widerklage: »Die Klägerin«, erklärte Fels, »habe ihm wiederholt die eheliche Gemeinschaft verweigert, zuletzt habe sie ihr Bett aus der gemeinschaftlichen Kammer entfernt.«

Auf den ersten Blick wirkt das Ganze fast mechanisch, wie eine juristische Routine mit wenig Aussicht auf Erfolg. Doch in der Begründung, die in der Abschrift des Urteils eine knappe Seite in Anspruch nimmt, finden sich zwei, drei Sätze, die mehr sind als der halbherzige Versuch, lebenslange Unterhaltszahlungen abzuwehren. Albert Fels schilderte im März 1913 vor Gericht nämlich auch recht eindrücklich die Kräfteverhältnisse in seiner Ehe: »Die Klägerin sei eine gebildete Frau, während er auf dem Lande in einfachen Verhältnissen groß geworden wäre, infolgedessen habe die Klägerin in der Ehe stets sehr selbständig gehandelt und den Haushalt nach ihrem Kopfe geleitet. Sie habe den Beklagten ihre Überlegenheit auch stets fühlen lassen.«

Es sind die einzigen persönlichen Worte, die sich überhaupt von Albert Fels erhalten haben, wenn auch im leicht gestelzten Stil des Gerichtsschreibers. Ich habe kein anderes Schriftstück gefunden, in dem Albert Fels über sich selbst spricht. Er hat keine Postkarten hinterlassen, es gibt auch keine Briefe, kein Tagebuch, nicht einmal Verträge, unter die er seine Unterschrift gesetzt hat, nichts, nur diese nüchterne Beschreibung der aus seiner Sicht ungleich verteilten Kräfteverhältnisse in seiner Ehe.

Am Ende nützte es ihm nichts. Zu Betty Fels' Vorwürfen, dass ihr Mann sie betrog, konnten die Nachbarinnen zwar nichts beitragen, und ein ärztliches Gutachten entkräftete die Behauptung, er habe sich eine Geschlechtskrankheit zugezogen. Der beklagenswerte körperliche Zustand des Beklagten habe einen Geschlechtsverkehr kaum noch zugelassen, hieß es darin, ohne das konkrete Symptome benannt wurden.

Das Gericht sah es aufgrund der Zeugenaussagen allerdings als erwiesen an, dass Fels »in höchstem Maße dem Trunke ergeben« sei. Das allein wäre im Jahre 1913 noch kein Scheidungsgrund gewesen, doch das Gericht, und das geriet Betty zum Vorteil, berücksichtigte in seinem Urteil auch die Religionszugehörigkeit der beiden Ehepartner. Der Alkoholkonsum ihres Mannes sei eine schwere Belastung für die Ehe gewesen, hieß es in der Urteilsbegründung, »und zwar umso mehr, da bei Juden die Trunksucht im Ganzen als eine seltene Erscheinung bezeichnet werden muss«. Das Gericht sah es darum als erwiesen an, dass der Beklagte allein »eine so tiefe Zerrüttung des ehelichen Verhältnisses verschuldet hat, dass der Klägerin die Fortsetzung der Ehe nicht zugemutet werden kann«.

Die Widerklage wurde abgewiesen. Am 22. April 1913, vier Wochen nach Eröffnung der Verhandlung, wurde die Ehe von Albert Fels und seiner Frau vor dem Königlichen Landgericht in O. rechtskräftig geschieden.

Betty Fels blieb in Aumund. Ihre Tochter Gertrud war zwölf Jahre alt, und Betty gab sie auf Rat von Amalia Meyer auf die Israelitische Erziehungsanstalt in Ahlem bei Hannover. Das Internat war von einem engagierten Bankier gegründet worden, der Kindern aus jüdischen Familien eine bessere berufliche Perspektive verschaffen wollte. Die Schüler und Schülerinnen, die aus ganz Deutschland nach Ahlem kamen, besuchten zunächst eine Volksschule, in der sie neben dem normalen Unterricht auch handwerkliche und gärtnerische Fertigkeiten vermittelt bekamen, und danach konnten sie am gleichen Ort eine Lehre machen. Die Jungen wurden Schuster, Schneider oder Schlosser, die Mädchen Hauswirtschaftlerinnen.

In dem Umschlag, der mich aus Südafrika erreicht hatte, lagen auch drei, vier Postkarten aus dieser Zeit von Gertruds Mitschülerinnen, »Mitschwestern«, wie die Mädchen sich nannten, Rosa, Luise, Frieda. Es waren kurze Grüße, die die Freundinnen sich in den Schulferien von zu Hause aus schickten, und wenn nicht eine der Karten, die Rosa an Betty gesandt hatte, den Aufdruck »Freiwillige Kriegshilfe Hannover und Linden« trüge, man würde gar nicht bemerken, dass in Europa in jenen Jahren ein Krieg tobte.

Nach der Schule kehrte Gertrud zurück nach Aumund und kümmerte sich im Haus von Amalia Meyer um ihre Mutter. Betty war schwer krank, sie hatte Krebs, und 1921 starb sie. Drei Jahre später heiratete Gertrud in Bremen einen jüdischen Kaufmann, und gleich nach der Hochzeit schiffte das Paar sich in Hamburg nach Südafrika ein. Gertrud nahm einen Teil des Hausrats ihrer Mutter mit, darunter eine Anrichte aus Eichenholz, die Betty und Albert von Amalia Meier zur Hochzeit bekommen hatten.

Auch ein Service war dabei. Nachdem Gertrud und ihr Mann in den Dreißigerjahren die Farm aufgegeben hatten und mit ihrer Tochter nach Bloemfontein gezogen waren, standen die Tassen und Teller aus feinem Porzellan und die geschliffenen Likörgläser in einer Vitrine in ihrem Wohnzimmer. Wenn Ilse, die damals fünf oder sechs Jahre alt war, im Wohnzimmer auf dem Fußboden saß und auf einem Holzschemel mit den Mokkatassen einen Kaffeetisch für ihre Puppen deckte, erzählte ihre Mutter ihr manchmal von jenem anderen Leben, das sie zwanzig Jahre zuvor in Deutschland zurückgelassen hatte, von ihrer Mutter Betty, die viel zu jung gestorben war, von Amalia Meyer, dem Schutzengel der Familie, von der Hochzeit in Bremen, die nach jüdischem Ritus vollzogen worden war, und der langen, beschwerlichen Schiffsreise von Deutschland nach Südafrika.

Über ihren Vater sprach Gertrud allerdings nie. Ilse Simons wusste nur, dass ihr Großvater ein Trinker gewesen war, und sie nahm an, dass er während des Krieges von den Nationalsozialisten ermordet worden war, wie all die anderen Verwandten ihrer Eltern in Europa.

Das Schicksal der Familie Fels ist in der Datenbank der israelischen Gedenkstätte Yad Vashem dokumentiert. Alberts Schwester Rosa und sein Bruder William wurden 1943 in Theresienstadt ermordet, Johanna in Riga, Alma und Bertha 1944 in Auschwitz und der Kaufmann Louis, der wie viele Juden in den Dreißigerjahren aus Deutschland in die Niederlande ausgewandert war, hatte sich 1940 nach dem Einmarsch der Wehrmacht in Amsterdam selbst getötet.

Einen Eintrag zu Albert Fels gibt es in Yad Vashem nicht.

In den letzten Jahren vor ihrem Tod sprachen meine Großmutter und ich fast nur noch am Telefon, und wenn ich doch einmal zu ihr fuhr, dann waren es kurze Besuche. Während meine Kinder mit dem alten Spielzeug spielten, mit dem Holzpferd, den Bauklötzen oder dem Kaufmannsladen, blätterten meine Großmutter und ich in alten Fotoalben. Bei einem Besuch zwischen Weihnachten und Silvester, sie hatte wie immer Neujahrskuchen gebacken, dünne Waffeln, die zu Tütchen aufgerollt wurden und mit Sahne und Preiselbeeren gegessen wurden, hatte sie eines der älteren Alben bereitgelegt. Es war dunkelgrün gebunden, mit einer Kordel als Verzierung auf dem Einband, und enthielt Familienbilder aus den Zwanziger- und Dreißigerjahren.

Meine Großmutter hatte ein weiteres Foto von Albert Fels entdeckt, das sie mir zeigen wollte. Es war im Dezember 1933 aufgenommen worden und zeigte ihn im Garten ihres Elternhauses. Er war dünner, hagerer als auf dem Foto, das dreißig Jahre zuvor bei dem Verkauf des Bullen entstanden war. Fels trug einen Wintermantel, hinter ihm war ein kahler Obstbaum zu erkennen, und die Beete und Wege waren weiß getüncht. Es hatte geschneit, vielleicht zum ersten Mal in jenem Jahr.

Die Aufnahme von Albert Fels war das einzige Bild auf der Seite, das Foto darunter fehlte, nur drei der vier Fotoecken waren geblieben und die Bildunterschrift: »1934 Papa S. A. Mann«. Nun war es kein Geheimnis, dass mein

Urgroßvater in der SA gewesen war, genauer gesagt: in der SA-Reserve. Meine Großmutter erzählte sogar gern davon. In den Dreißigerjahren traf ihr Vater sich regelmäßig am Sonntagvormittag mit den anderen Männern auf dem Kirchplatz zum Exerzieren. Auch ihr Onkel Hermann Dilly war dabei, und meine Großmutter und ihre Cousinen hockten dann auf einer Bank und sahen ihren Vätern dabei zu, wie sie mit einem Stock in der Hand das Präsentieren eines Gewehrs übten.

Fast alle Männer im Dorf waren in den Krieg gezogen. Mein Urgroßvater wurde 1915 in die Königlich Preußische Armee einberufen und zwei Jahre später in Frankreich verwundet. Er erlitt einen Bauchschuss, meine Großmutter erinnerte sich, dass sie sich als Kind manchmal die Narbe anschauen durfte, die er von der Kriegsverletzung zurückbehalten hatte, ein schmaler Wulst auf seinem runden Bauch. Auch ihr Onkel wurde eingezogen, und wie viele Männer traten Hermann Dilly und ihr Vater in den Zwanzigerjahren in den Stahlhelm ein, eine Vereinigung von ehemaligen Soldaten.

Die Ausrichtung des Stahlhelm war reaktionär, die Führungsriege hetzte gegen die Weimarer Republik. Das kann man in Geschichtsbüchern nachlesen und auch, dass der Stahlhelm Ende 1933 der SA unterstellt wurde, der Sturmabteilung der NSDAP, um dann im Januar 1934 als sogenannte SA-Reserve in ihr aufzugehen. Zwei Monate später, im März 1934, ließ der Vater meiner Großmutter sich in seiner neuen Uniform fotografieren. Er schien stolz darauf zu sein, in die SA aufgenommen worden zu sein, auch wenn er nicht viel dafür hatte tun müssen.

Die Vorstellung, dass ihr Vater, ein kleiner, dicker Mann, mit einem abgesägten Besenstiel in der Hand auf dem Kirchplatz zu Wehrübungen angetreten war, erheiterte meine Großmutter im Nachhinein, und in ihrer Erinnerung bestanden die Dreißigerjahre ausschließlich aus solchen eher amüsanten Episoden. Sie erzählte von Kleinbauern, die von einem Tag auf den anderen in Uniform herumstolzierten, weil sie plötzlich das Amt eines Ortsgruppenleiters bekleideten oder zum Unterscharführer der SS ernannt wurden.

Die Uniformen, die die Männer trugen, waren meist selbst geschneidert. Der braune Stoff wurde im Laden ihres Vaters verkauft, zusammen mit den Oberhemden, der Weißwäsche und den Kittelschürzen für die Mägde. Für das Geschäft war das gut, betonte meine Großmutter. Sie erzählte mir auch, dass ihr Vater den von der NSDAP herausgegebenen Illustrierten Beobachter las, allerdings nur, sagte sie, weil der Dorfarzt Dr. Mazet ein Abonnement hielt und das aktuelle Heft nach der Lektüre an ihn weiterreichte. Mazet, das wussten alle, war gleich 1933 in die Partei eingetreten. Ihr Vater dagegen, da war meine Großmutter sich sicher, war nie Mitglied der NSDAP.

Zuerst hatte ich gedacht, dass meine Großmutter das Verhalten ihres Vaters entschuldigen wollte. Erst später begriff ich, dass in ihren Sätzen noch etwas anderes mitklang, ein leichter Spott vielleicht, vielleicht sogar ein Rest Überheblichkeit gegenüber ihren Eltern, der sich über Jahrzehnte hinweg erhalten hatte. Meine Großmutter war nämlich die einzige in ihrer Familie, die wirklich etwas auf die politischen Überzeugungen gehalten hatte, die in den Dreißigerjahren mit dem braunen Uniformstoff und den Parteiabzeichen ins Dorf gekommen waren.

Am Samstag hatte ich am späten Nachmittag noch einmal bei meiner Großmutter angerufen, von der Bank im Hof aus, während die Kinder im Sandkasten spielten. Die Zeit unserer langen Telefongespräche war vorbei. Über zwei Jahre hinweg hatte sie mir von ihrer Kindheit, ihrer Jugend und von ihren Eltern und Großeltern erzählt. Auf bestimmte Episoden waren wir immer wieder zurückgekommen, ich hatte Nachfragen gestellt und Notizen gemacht, die ich jetzt in eine chronologische Reihenfolge zu bringen versuchte. Leicht war es nicht, da ich es nicht nur mit der Liebesgeschichte meiner Großeltern zu tun hatte, sondern auch mit der Lebensgeschichte von Albert Fels, zwei Geschichten also, die zeitversetzt verliefen und trotzdem zusammenzugehören schienen.

Mit meiner Großmutter sprach ich unterdessen wieder über andere Dinge. Mein Sohn war gerade sechs geworden, meine Tochter war zwei. Die Ferien hatten wir auf einem Bauernhof an der Ostseeküste verbracht, und am Telefon versprach ich meiner Großmutter, dass ich ihr Fotos zeigen würde, wenn wir sie in vier Wochen besuchen würden. Im September würde sie neunzig Jahre alt werden, und sie erzählte mir von den Vorbereitungen für die Feier. Alle Enkel und Urenkel waren eingeladen. Es sollte ein richtiges Familienfest werden, und ganz sicher würde auch die Geschichte von der heimlichen Verlobung noch einmal erzählt werden.

Am Sonntag rief mich dann spät noch meine Mutter an. Meine Großmutter war gestürzt. Sie hatte nach dem Abendbrot in der Küche wie immer das Geschirr in die Spülmaschine geräumt, und offenbar hatte sie das Gleichgewicht verloren, als sie sich nach vorn beugte, um Messer, Gabel und Teelöffel in den Besteckkorb zu sortieren. Den Notfallknopf, den sie seit einigen Jahren um das Handgelenk trug, betätigte sie nicht.

Sie muss über eine Stunde auf dem Küchenfußboden gelegen haben. Die Frau von der Pflegestation, die wie jeden Abend kam, um meiner Großmutter die Kompressionsstrümpfe auszuziehen und sie zu waschen, rief den Notarzt. Der Krankenwagen brachte meine Großmutter in die Stadt ins Krankenhaus. Sie hatte einen Oberschenkelhalsbruch, und die Ärzte beschlossen, ihr eine neue Hüfte einzusetzen. Am Montag wurde ihr Blutverdünnungsmittel abgesetzt. Gegen die Schmerzen bekam meine Großmutter starke Medikamente, die sie in eine Art Dämmerzustand versetzten. Telefonieren konnten wir nicht.

Am Tag darauf wurde sie operiert, doch nach dem Eingriff verschlechterten sich ihre Werte. Sie lag auf der Intensivstation und musste künstlich beatmet werden. Meine Mutter fuhr noch in derselben Nacht zu ihr ins Krankenhaus, und als sie mich Mittwoch früh anrief und mir von den Komplikationen berichtete, setzte ich mich in den Zug. Der ICE hatte gerade den Hauptbahnhof verlassen, ich saß an einem der hohen Tische im Bistro-Wagen, als meine Mutter erneut anrief. Meine Großmutter war gestorben.

Es ging dann alles sehr schnell. Am Wochenende fand die Beerdigung statt, und nach dem Kaffee verbrachten wir ein letztes Mal alle gemeinsam einige Stunden im Haus meiner Großmutter. Die Kinder spielten mit dem Schaukelpferd und den Bauklötzen, die Erwachsenen zogen sie abwechselnd mit dem Bollerwagen durch den Garten. Sogar der alte Tretroller wurde noch einmal hervorgeholt.

Meine Großmutter war ein ausgesprochen ordentlicher Mensch. In ihrem Haus hatte alles seinen festen Platz, die Streichholzschachtel, die auf dem Kaminsims lag, die Untersetzer im rechten oberen Fach in der Schrankwand, ohne die niemals ein Glas auf dem Couchtisch abgestellt werden durfte, die ovale, mit Leder überzogene Schatulle im Schlafzimmer, in der mein Großvater seine Manschettenknöpfe aufbewahrt hatte, oder im Badezimmer auf dem Rand des Waschbeckens die Schale mit dem Stück Seife, das immer unbenutzt wirkte.

Nach ihrem Tod löste sich diese Ordnung schnell auf. Das Haus sollte verkauft werden, und meine Mutter sah wochenlang Schränke und Schubladen durch, verpackte Besteck und Geschirr, füllte Säcke mit Kleidung und Bettwäsche für das Rote Kreuz und ließ die Möbel abtransportieren sowie die schweren Teppiche, die in jedem Zimmer lagen.

Eines Tages rief sie mich an. Sie hatte gerade die Einbauschränke im Flur leergeräumt, in denen meine Großmutter die Dinge aufbewahrte, die sie im Alltag rasch zur Hand haben wollte, säuberlich gefaltete Plastiktüten, Schuhputzzeug, eine Taschenlampe und Streichhölzer und Kerzen. In einem der oberen Schrankfächer hatte meine Mutter hinter Handschuhen, Mützen und einem zusammengelegten Wollschal, der noch meinem Großvater gehört hatte, einen flachen Pappkarton gefunden, in dem ein Umschlag mit Fotos lag und ein Buch mit fleckigem, zerrissenem Einband.

Die Fotos kannte ich, zumindest einen Teil davon. Meine Großmutter hatte sie mir bei einem meiner seltenen Besuche gezeigt. Sie waren während ihrer Zeit beim Arbeitsdienst aufgenommen worden. Meine Großmutter posierte darauf mit den anderen jungen Frauen vor einer der Holzbaracken, alle trugen die gleichen Jacken und Röcke aus festem, dunklem Stoff, dazu eine weiße Bluse. Auch Lola war darunter, die Freundin, die am Heiligabend 1943 dabei war, als meine Großmutter und mein Großvater sich heimlich verlobten.

Die Fotos waren beschriftet, »Altkloster 1943/44« stand auf der Rückseite, dazu ein paar Namen. Meine Großmutter musste sie seit vielen Jahren in ihrem Geheimversteck ganz hinten im Schrank aufbewahrt und den Umschlag mit den Bildern dort auch nach meinem Besuch wieder in dem Pappkarton deponiert haben, zusammen mit dem Buch, das sie mir damals allerdings nicht gezeigt hatte. Es handelte sich um die Geschenkausgabe von »Mein Kampf« mit einer vorgedruckten Widmung für das Brautpaar und den besten Wünschen für eine »glückliche und gesegnete Ehe«.

Ich wusste, dass alle Paare, die in den Dreißigerjahren und während des Krieges in Deutschland heirateten, ein Exemplar von »Mein Kampf« geschenkt bekamen, und ich hatte meine Großmutter während unserer langen Telefonate in den Jahren vor ihrem Tod einige Male danach gefragt. Sie hatte jedes Mal gesagt, dass sie das Buch in den letzten Kriegstagen, kurz bevor die Engländer kamen, in der

Waschküche im Holzofen verbrannt hatte, und das war auch die Geschichte, die meine Mutter kannte. Stattdessen hatte meine Großmutter das Buch damals wohl im Garten vergraben oder in einer feuchten Ecke im Schuppen versteckt. Das Papier war fleckig geworden, und der Karton des Einbands hatte sich an einigen Stellen aufgelöst.

Familiengeschichten verändern sich. Das ist ein Vorgang, der sich über lange Zeiträume erstreckt, über Jahre und Jahrzehnte, oft auch über Generationen hinweg, aber es gibt Momente, in denen der Prozess plötzlich an Geschwindigkeit zunimmt. Genau das war passiert, als meine Großmutter zum ersten Mal Albert Fels erwähnt hatte. Die Geschichte von dem alten Mann, der im Krieg von einem Tag auf den anderen aus dem Dorf verschwunden war, hatte die Türen zu den verschlossenen Kammern in den Geschichten meiner Großmutter einen Spalt breit geöffnet.

Meine Großmutter war mit sechs Jahren in die Kinderschar des BDM aufgenommen worden. Das war gleich im Frühjahr 1933, ihre Eltern hatten sie damals als Pimpf verkleidet, mit Halstuch und kurzer schwarzer Hose, und sie anschließend fotografiert. »Ein Hitlermädchen« lautete die Bildunterschrift im Album. Das Foto gibt es nicht mehr, genau wie die Aufnahme, die ihren Vater in der Uniform der SA zeigte. Nach ihrem zehnten Geburtstag, im Spätsommer 1936, wurde meine Großmutter dann ein sogenanntes Jungmädel, und sie ging regelmäßig zu den Heimabenden des BDM, die in der Volksschule am Kirchplatz abgehalten wurden, im Raum der ersten Klasse. Erwachsene gab es hier nicht, angeleitet wurden die Treffen von einem älteren Mädchen, und nachdem meine Großmutter feierlich zur Mädelschaftsführerin ernannt worden war, stand sie eine Zeit lang selbst der Kinderschar vor.

Bei den Heimabenden wurden Lieder gesungen, gemeinsam Handarbeiten verrichtet oder kleine Ausflüge geplant. Die Mädchen verabredeten sich, um am Wochenende mit dem Fahrrad ins Moor zu fahren und Kräuter zu sammeln, oder sie wanderten über die Felder und übernachteten bei einem Bauern in der Scheune. Es waren eindrückliche Erinnerungen, die sich meine Großmutter aus dieser Zeit bewahrt hatte, der Geruch von trockenem Heu, eine Handvoll Brombeerblätter, die zum Trocknen auf einer alten Zeitung ausgebreitet wurden, ein Erntedankumzug, bei dem sie und die anderen Mädchen in weißen Nesselkleidern und braunen Miedern auf einem der Wagen mitfuhren.

Natürlich wurde beim BDM über Politik gesprochen. Auch daran erinnerte sich meine Großmutter. Die Mädchen mussten kleine Vorträge über das Leben von Adolf Hitler vorbereiten, und während eines Ferienlagers im Sommer 1938 auf der Nordseeinsel Juist setzten sie sich jeden Tag nach dem Mittagessen mit ihrer Scharführerin zusammen, um über die Sudetendeutschen zu sprechen, ein Thema, das in jenem Jahr die große Politik beherrschte. Das nationalsozialistische Regime drohte mit einem Krieg gegen die Tschechoslowakei, was zu einer schweren diplomatischen Krise führte. Die Mädchen gingen lieber schwimmen.

Zwei Jahre zuvor war meine Großmutter in die Höhere Mädchenschule gekommen, und auch dort wurde über Politik gesprochen. Die Schulleiterin war Mitglied der NSDAP, sie unterrichtete Deutsch und Geschichte und sprach vor den Schülerinnen gern über Geiz und Gier der Juden und darüber, wie jüdische Bankiers und Unternehmer nach dem Krieg angeblich von der Niederlage Deutschlands profitiert hatten.

An Albert Fels, sagte meine Großmutter, hatte sie dabei nicht gedacht. Sie konnte sich auch nicht erinnern, dass ihre Eltern je darüber gesprochen hatten, dass der ältere Mann, der im Haus nebenan wohnte, ein Jude war. Für sie war er einfach »Onkel Fels«, so nannte sie ihn auch jetzt noch, als sie mir von ihm erzählte. In ihrem Dorf war das so üblich. Die Kinder sprachen die Erwachsenen in der Nachbarschaft mit Onkel oder Tante an, und wenn sie älter wurden, wechselten sie irgendwann zum Vornamen. Im Fall von Albert Fels war meine Großmutter bei der Anrede aus ihrer Kindheit geblieben, denn als sie erwachsen war, war er bereits tot.

Im April 1943 schloss meine Großmutter die Höhere Mädchenschule mit der Mittleren Reife ab, und zwei Wochen später begann für sie und ihre Mitschülerinnen das Pflichtjahr. Die meisten Mädchen wurden auf Bauernhöfe in der Umgebung geschickt, wo sie den Mägden zur Hand gingen. Meine Großmutter dagegen kam nach Hannover. Eine Freundin hatte ihr dort bei einer Familie einen Platz als Kindermädchen vermittelt.

Der Vater war Ingenieur und lehrte an der Technischen Hochschule. Seine Frau und er hatten fünf Kinder. Morgens machte meine Großmutter den Kindern Milch warm, fütterte die Kleinen und richtete den älteren Geschwistern Brote, vormittags wusch sie Wäsche und ging auf den Markt, und nachmittags ging sie mit den Kindern in einen kleinen Park in der Nähe der Wohnung. Sie schlief in einer Kammer auf dem Dachboden, dort stand auch eine Waschschüssel, und am Donnerstagnachmittag hatte sie frei. Dann fuhr sie mit dem Fahrrad an die Leine und kaufte sich ein Eis.

Auch in Hannover besuchte meine Großmutter die Heimabende des BDM, die nur zwei Straßen weiter abgehalten wurden, auch hier in den Räumen einer Schule. Sie ging gern dorthin, und sie schloss sich einer Gruppe von Mädchen an, die sich regelmäßig mit einer jungen Lehrerin trafen. Sie sprach mit ihnen vor allem über Gesundheitsfragen, über richtige Ernährung, über Hausmittel, über

Hygiene, und über das, was meine Großmutter auch später nur die körperliche Liebe nennen sollte.

In Hannover machte meine Großmutter zum ersten Mal Pläne für die Zukunft. Sie wollte eine Ausbildung zur Krankenschwester absolvieren oder lieber noch in einem medizinischen Labor arbeiten, und in den Briefen, die sie damals wechselten, malten Rudi und sie sich aus, wie sie nach dem Krieg irgendwo in Deutschland in einer fremden Stadt ein eigenes Leben beginnen würden, mit einer kleinen Wohnung, zwei Kindern und Arbeit, die nichts mit dem zu tun hatte, was ihre Eltern sich für sie vorstellten. Rudi wollte Sportlehrer werden, auch in Potsdam trainierte er, und obwohl sein Arm nach der Schussverletzung in Jemtschicha steif geblieben war, spielte er Fußball, schwamm und trieb Leichtathletik.

Von Hannover aus war es mit der Bahn nicht weit nach Potsdam, und Pfingsten 1943 besuchte meine Großmutter meinen Großvater. Sie sollte bei Verwandten von ihm übernachten, die in Berlin wohnten, zumindest war das mit ihrer Mutter so besprochen. In Wirklichkeit gingen sie zelten.

Rudi hatte einen Freund, den er noch von der Unteroffiziersschule kannte und der ebenfalls in Potsdam stationiert war, und auch er hatte eine Freundin. Die beiden Pärchen fuhren an einen See und bauten auf einer Lichtung am Ufer ihre Zelte auf. Drei Tage verbrachten sie dort, liefen morgens mit nackten Füßen über das feuchte Gras zum See und ließen sich nach dem Schwimmen in dem eiskalten Wasser von der Sonne trocknen. Rudis Freund besaß ein

Faltboot, mit dem sie über den See paddelten, und abends sammelten sie Holz und kochten Suppe über einem offenen Feuer. Sie lauschten auf das Rascheln des Schilfrohrs, hüllten sich in Wolldecken und warteten darauf, dass es dunkel wurde und die Sterne sich zeigten.

Es war romantisch, und nachts, wenn meine Großmutter mit meinem Großvater im Zelt lag, die Schlafsäcke geöffnet und wie Decken über sich ausgebreitet, bestand sie darauf, dass die Zärtlichkeiten nicht über Küsse hinausgingen. »Rein bleiben, reif werden«, das war einer der Sätze, die sie beim BDM immer wieder hörte.

Ein Foto, das an jenem Pfingstwochenende entstanden war, zeigte meine Großmutter in dem Faltboot. Sie trägt ein Tuch auf dem Kopf, um sich gegen die Sonne zu schützen, und ein ärmelloses, viel zu großes Hemd, das meinem Großvater gehörte. Es war das weiße Sporttrikot der Wehrmacht, mit einem leuchtend schwarzen Hakenkreuz auf der Brust.

Sechs Wochen später begann auch für meine Großmutter der Krieg. Zwei Jahre zuvor waren schon einmal Bomben auf Hannover gefallen, und im Sommer 1943 nahmen die Alliierten die Luftangriffe wieder auf. Ende Juli griffen englische Bomber tagsüber die Stadt an und zerstörten das Stadtzentrum. Meine Großmutter verbrachte mit der Familie Stunden in einem Haus in der Nachbarschaft, in einer im Souterrain gelegenen Wohnung, die als Luftschutzraum diente, mit Sandsäcken vor den Fenstern. Sie hörten das Heulen der Sirenen, das laute Brummen der Flugzeugmotoren, Flakkanonen und die Einschläge der Bomben, die mal näher zu kommen schienen, um sich dann wieder zu entfernen. Erst am späten Nachmittag trauten sie sich wieder auf die Straße.

Ende September folgte ein weiterer schwerer Angriff, diesmal bei Nacht. Bis Mitternacht fielen die Bomben, dann war es still. Die Kinder schliefen, auch meine Großmutter war eingeschlafen, mit dem jüngsten der Geschwister auf ihrem Schoß. Als sie am nächsten Morgen in das grelle Sonnenlicht hinaustrat, sah sie, dass das Haus, in dem die Wohnung der Familie lag, von einer Brandbombe zerstört worden war. Aus dem Schutt stiegen Rauch und Flammen auf. Nachbarn hatten begonnen, das Feuer mit Sand zu ersticken, doch die weißen Flammen loderten immer wieder auf.

Die Familie zog in das Gartenhaus, das das Bombardement überstanden hatte. Für ein Kindermädchen war kein Platz. Meine Großmutter wurde aus dem Pflichtjahr entlassen und sofort in den Reichsarbeitsdienst einberufen. Am 1. Oktober fuhr sie mit dem Zug von Hannover aus nach Altkloster, um dort erst in einer Gärtnerei zu arbeiten und dann im Haushalt der Bäckerei auszuhelfen.

Die Tage folgten einem strengen Ablauf. Noch vor dem Frühstück versammelten die jungen Frauen sich im Lager auf dem schmalen Platz zwischen den Holzbaracken zum Fahnenappell. Sie stellten sich in Doppelreihen auf, den rechten Arm zum Gruß erhoben, und sangen »Es zittern die morschen Knochen der Welt«.

Das Lied, das auch in der Hitlerjugend und beim BDM gesungen wurde, war zur Hymne des Reichsarbeitsdienstes geworden. Der Text beschwor das Ende einer brüchig gewordenen, überkommenen Gesellschaft, die von jungen Männern und Frauen mit Fahnen in der Hand erneuert wurde. »Wir werden weiter marschieren, wenn alles in Scherben fällt, denn heute da gehört uns Deutschland und morgen die ganze Welt«, so lautete der Refrain.

Meine Großmutter mochte das Lied sehr. Sie war damals sechzehn Jahre alt, sie war verliebt, und wenn sie früh morgens in Altkloster in der Kälte stand und beim Singen den rechten Arm zum Gruß erhob, hatte sie das Gefühl, dass sie in großen Schritten der Zukunft entgegenstürmte.

Abends, wenn meine Großmutter aus der Bäckerei zurückkam, traf sie sich mit den anderen jungen Frauen in einer der Baracken. Eine Hauswirtschaftslehrerin, die ein

Parteiabzeichen am Revers ihrer Bluse trug und kaum älter war als sie, brachte ihnen das Kochen bei, erklärte ihnen, wie man ein Haushaltsbuch führte und zeigte ihnen mithilfe einer Puppe, wie man einem Säugling eine Windel anlegte.

Anschließend saßen sie zusammen, sangen Lieder und redeten über Adolf Hitler, über Deutschland, über die Möglichkeiten, die vor ihnen lagen. Die Arbeitsdienstführerin ermunterte meine Großmutter, sich um eine Ausbildung zur Erzieherin zu bewerben, um in einem der neuen Kindergärten zu arbeiten, die seit den Dreißigerjahren überall im Land eröffnet wurden. Auch das konnte sie sich vorstellen, in jedem Fall jedoch, daran zweifelte sie nicht, würden die rotweißen Fahnen mit den Hakenkreuzen darauf, die zwischen den Baracken in Altkloster im Wind flatterten, sie ihr ganzes Leben lang begleiten.

Rudi teilte diese Überzeugung damals schon nicht mehr, und ein gutes halbes Jahr später sollte es darum zwischen ihm und meiner Großmutter zum Streit kommen.

Im Januar 1944 war der Vater meiner Großmutter noch einmal eingezogen worden. Er kam zur Feldgendarmerie, weil er zu alt für den Einsatz an der Front war. Meine Großmutter wurde daraufhin auf Wunsch ihrer Mutter vom Arbeitsdienst freigestellt, sie wurde reklamiert, so nannte man das damals, damit sie zu Hause im Laden aushelfen konnte, und von einem Tag auf den anderen wurde die Welt wieder klein und eng. Meine Großmutter klebte Lebensmittelmarken auf Sammelbögen und füllte Mehl, Graupen und Reisnudeln in braune Papiertüten. Zwischendurch putzte sie die leeren Regale und fegte den Laden aus, und abends, wenn sie Schürze und Kopftuch abgelegt hatte, saß sie mit ihrer Mutter im Wohnzimmer. Sie lasen Romane, manchmal lief das Radio.

Am 5. März fand die offizielle Verlobung statt. Rudi reiste aus Potsdam an. Er war der einzige Mann unter den Gästen, der Vater meiner Großmutter hatte keinen Urlaub bekommen, und die Männer in der Nachbarschaft waren alle im Krieg. Auch Hermann Dilly war nicht dabei. Der Onkel meiner Großmutter, der im Nebenhaus wohnte, war zu Beginn des Krieges zu einem Schlächtereizug abkommandiert worden, einer motorisierten Einheit mit eigenem Räucherwagen, die für die Versorgung der Truppen mit Fleisch zuständig war. Der Zug war in der Eifel stationiert, und nachdem die Wehrmacht in Frankreich einmarschiert war und das Land besetzt hatte, war Hermann Dilly zunächst für zwei Jahre beurlaubt worden und konnte seinen Betrieb weiterführen. Ende 1942 war er erneut eingezogen worden, diesmal in ein Landesschützen-Bataillon, das im Sommer 1943 an die Ostfront verlegt wurde.

Seine Frau kam also allein zur Feier, genau wie ihre Schwägerin Anna, die sich vierzig Jahre zuvor als junges Mädchen mit Betty Fels angefreundet hatte, und auch Rudis Mutter und seine Schwester waren gekommen. Sie waren aus Bayern angereist, nach den heftigen Bombenangriffen auf das Ruhrgebiet waren sie im vergangenen Jahr in das Berchtesgadener Land evakuiert worden.

Viel brachte ich über die offizielle Verlobungsfeier nicht in Erfahrung. Sie gehörte nicht zu den romantischen Episoden, aus denen meine Großmutter später die Liebesgeschichte zwischen ihr und meinem Großvater zusammensetzen sollte, und auch über die Verlobungsreise weiß ich kaum etwas. Meine Großmutter verbrachte drei Tage mit Rudi, seiner Mutter und seiner Schwester im Berchtesgadener Land. Sie fuhren Ski, fotografierten sich vor verschneiten Gipfeln und schneebeladenen Tannenzweigen. An mehr konnte meine Großmutter sich nicht erinnern, auch nicht an die langen Zugfahrten, die durch Trümmerlandschaften führten. Die Luftangriffe der britischen und amerikanischen Bomber waren in den vergangenen Wochen und Monaten immer heftiger geworden, auch Züge wurden angegriffen.

Die Nachrichten über den Krieg waren verheerend. Im Osten rückte die Rote Armee vor, und im Westen landeten amerikanische, englische und kanadische Truppen in der

Normandie, befreiten Paris und rückten auf den Rhein vor, in Richtung Deutschland. Auch im Dorf heulte jetzt die Luftschutzsirene, wenn die Geschwader, die Hannover und Braunschweig angriffen, zurück in Richtung Westen flogen und die Bomben, die sie noch an Bord hatten, über den Kleinstädten und Dörfern vor der niederländischen Grenze abwarfen.

Meine Großeltern wollten am Heiligabend 1944 heiraten, genau ein Jahr nach ihrer heimlichen Verlobung. Im November, als der Hochzeitstermin näher rückte, packte meine Großmutter ein Nikolaus-Päckchen. Sie hatte Rudi einen Band mit Liebesgedichten von Rudolf Binding besorgt. Eines der Gedichte, »Tag der Liebe«, hatte sie mit der Hand noch einmal für ihn abgeschrieben: »Hat dich heiliger ein Hauch berührt? / Hat die Sonne heißer dich gegrüßt? / Bist vom Blühen wilder du verführt? Bist von Sehnsucht tiefer du versüßt? / Schreite selig in dein Licht empor. / Schnell verflogen ist was schwert und trübt. / Raunt es dir das Leben doch ins Ohr: / Tausend tausendfach bist du geliebt.« Dazu hatte meine Großmutter nur einen kurzen Gruß geschrieben: »In vier Wochen! Ich bin so glücklich.«

Dann kam die Urlaubssperre. Anfang Dezember war die Rote Armee in Richtung Oder vorgerückt, bis Berlin waren es nur noch wenige Tagesmärsche. Sämtliche Einheiten in der Stadt und in der Umgebung waren in Alarmbereitschaft versetzt worden, auch die Kompanien an der Infanterieschule in Potsdam, und Rudi musste Weihnachten in der Kaserne verbringen.

Die geplante Hochzeit fiel aus. Traurige Kartengrüße wurden getauscht, doch dann geschah ein kleines Wunder. Ende Januar bekam Rudi von seinem Kompaniechef ein Bündel kompliziert miteinander verketteter Urlaubsscheine in die Hand gedrückt, und damit begann das vorerst letzte Kapitel in der Liebesgeschichte meiner Großeltern. Auch davon wurde später gern erzählt.

Der erste Schein führte nur in einen Außenbezirk von Potsdam, dann ging es Zug um Zug weiter Richtung Westen. Jeder Urlaubsschein war nur für eine überschaubare Strecke ausgestellt, und so gelangte Rudi am 30. Januar trotz der strengen Kontrollen durch die Feldgendarmerie, die nach Deserteuren Ausschau hielt, nach einer langen Fahrt mit wechselnden Zügen in das Dorf meiner Großmutter.

Am nächsten Tag fand die Hochzeit statt. Es war ein Mittwoch. Der Standesbeamte überreichte dem Paar nach der Trauung die Ausgabe von »Mein Kampf«, die meine Großmutter bis zu ihrem Tod aufbewahren sollte, anschließend wurden Rudi und sie kirchlich getraut. Meine Großmutter trug ein Kleid aus dunkelblauer Wollspitze, die ihr Vater noch vor dem Krieg in Belgien für den Laden eingekauft hatte, und Rudi war in der Uniform eines Stabsfeldwebels angereist, mit drei Sternen auf der Schulterklappe. Er war gerade sechsundzwanzig Jahre alt geworden, meine Großmutter war achtzehn, und in der Nacht teilten sie sich zum ersten Mal ein Bett. Ganz nackt standen sie am nächsten Morgen voreinander. Sie hatten drei gemeinsame Tage, die sie mit Spaziergängen und Fahrradfahrten verbrachten, dazu die langen Nächte. Über den Krieg sprachen sie nicht.

Am Sonntag fuhr Rudi zurück nach Potsdam. Die Nachrichten von der Front waren schrecklich. Sämtliche Truppen wurden jetzt mobilisiert, und die Infanterieschule war in Auflösung begriffen. Am Tag nach seiner Ankunft, es war der 5. Februar 1945, wurde Rudis Ausbildungskompanie in ein Grenadierregiment umgewandelt und an den Rand des Oderbruchs verlegt, siebzig Kilometer östlich von Berlin. Die deutschen Truppen bauten ihre Verteidigungsstellung an einem Hang an den Seelower Höhen aus, von dem aus sie die Oder in den Blick nehmen konnten. Zwei Monate lang beobachtete Rudi von seinem Posten aus mit dem Feldstecher, wie die Rote Armee rund um einen Brückenkopf in Küstrin immer mehr Truppen zusammenzog, um sich für den Vorstoß nach Berlin zu rüsten.

Meine Großmutter blieb in dieser Zeit ohne Nachricht von ihm. Ihr Vater war in den Niederlanden in Gefangenschaft geraten, und gemeinsam mit ihrer Mutter verfolgte sie abends vor dem Radio die Meldungen über das Kriegsgeschehen, während im Dorf täglich neue Gerüchte über anrückende Truppen kursierten. Anfang April war dann zum ersten Mal das Donnern schwerer Geschütze zu hören, und nachts konnten sie von einem Fenster im oberen Stockwerk aus sehen, wie der Himmel sich im Westen über den in Brand geschossenen Höfen rot färbte. Wehrmachtssoldaten, die sich am Fluss verschanzt hatten, sprengten die Brücke, und am nächsten Morgen verließen die Frauen und Kinder das Dorf. Meine Großmutter und ihre Mutter vergruben den Schmuck hinter dem Schweinestall im Garten, und damals müssen sie auch die Ausgabe von »Mein Kampf« versteckt haben.

Sie kamen für eine Nacht auf einem Bauernhof unter. Aus der Ferne beobachteten sie, wie englische Truppen das Dorf unter Beschuss nahmen. Der Kirchturm brannte ab, auch einige der Häuser, und nach einem Tag zogen sich die letzten Soldaten der Wehrmacht zurück. Eine provisorische Brücke wurde errichtet, die britischen Truppen blieben eine Nacht, um am nächsten Tag weiter in Richtung Westen vorzurücken. Meine Großmutter und ihre Mutter kehrten zurück in ihr Haus. Der Geldschrank im Kontor war aufgebrochen worden, und im Keller fehlten Vorräte. Der Krieg war vorbei, zumindest in diesem Teil Deutschlands. Von Rudi hatte meine Großmutter immer noch nichts gehört.

Eine Woche später begann am anderen Ende von Deutschland im Oderbruch die Schlacht um die Seelower Höhen. Vier Tage lang dauerten die Kämpfe, dann gelang der Roten Armee der Durchbruch, und die Soldaten der Wehrmacht, die die Schlacht überlebt hatten, unter ihnen auch mein Großvater, wurden in einem kleinen Waldgebiet zwischen Märkisch Buchholz und Halbe von sowjetischen Truppen eingeschlossen.

Die Situation der eingekesselten Soldaten war verzweifelt. Es kam zu Auseinandersetzungen mit SS-Angehörigen, die die Einheiten der Wehrmacht an der Kapitulation hindern wollten, vor allem aus Angst vor einer grausamen Bestrafung durch die sowjetischen Truppen, und mein Großvater hatte mit angesehen, wie ein Scharführer der SS sich nur wenige Meter von ihm entfernt unter einer Buche mit einer Pistole in den Kopf schoss. Es war die einzige Geschichte über seine Zeit im Krieg, die ich kannte, in der ein Toter vorkam, und auch diese Geschichte kannte ich nur von meiner Großmutter. Er selbst sprach nie darüber.

Zuletzt gelang den deutschen Truppen tatsächlich ein Ausbruchsversuch, und eine Handvoll Soldaten schafften es, der Roten Armee zu entkommen und sich nach einem Fußmarsch von fünfzig Kilometern den amerikanischen Truppen zu ergeben. Rudi war nicht unter ihnen. Bei Jüterbog geriet er in sowjetische Kriegsgefangenschaft, allerdings nur für einen Tag, und später sollten die letzten Wochen des Krieges zu einer einzigen kleinen Schicksalserzählung zusammenschnurren, ganz ähnlich der Geschichte mit der Feldpostkarte, mit der alles begonnen hatte.

Bevor er in russische Gefangenschaft geriet, hatte Rudi seinen steifen Arm in eine Schlinge gelegt, und im Gegensatz zu anderen, unverletzten Soldaten, wurde er nicht sofort nach Sibirien transportiert. Stattdessen sollte er zunächst in ein sowjetisches Feldlazarett gebracht werden, und das war seine Rettung. Rudi gelang die Flucht. Er sprang aus einem fahrenden Zug und machte sich auf in Richtung Westen, zunächst bis zur Elbe. Nachts schwamm er durch den breiten Fluss, trocknete seine Kleidung und machte sich am nächsten Abend im Schutz der Dunkelheit auf den Weg zu meiner Großmutter.

Es dauerte knapp vier Wochen, bis er es quer durch Deutschland geschafft hatte, den größten Teil davon zu Fuß, und an einem warmen Tag Ende Mai erreichte meine Großmutter dann der Anruf. Es war der Eierhändler. Er hatte auf seinem Wagen den Soldaten mitgenommen, der während des Krieges bereits einige Male auf Urlaub in der Gegend gewesen war. Gerade hatte er ihn abgesetzt, die letzten drei Kilometer wollte der junge Mann zu Fuß zurücklegen. Meine Großmutter lief meinem Großvater auf der Landstraße entgegen. Der Krieg war vorbei. Die Zukunft, die sie sich ausgemalt hatten, lag in Trümmern.

Von den Gaskammern wusste meine Großmutter seit Mai 1945. In den letzten Tagen des Krieges hatten britische Soldaten im Dorf Flugblätter verteilt mit Fotos, die bei der Befreiung der Lager gemacht worden waren. Es waren Bilder von bis auf das Skelett abgemagerten Menschen, die nackt vor einem Stacheldrahtzaun standen, von Leichenbergen und Verbrennungsöfen. Bis dahin, sagte meine Großmutter, hatte sie nur Gerüchte gekannt und einige Andeutungen, die mein Großvater bei einem Besuch im Spätsommer 1944 gemacht hatte, kurz vor ihrem achtzehnten Geburtstag.

Ende August war Rudi für ein Wochenende aus Potsdam gekommen. Meine Großmutter und er holten den Drahtkorb aus dem Schuppen, verließen den Garten durch das kleine Tor bei den Himbeersträuchern und gingen Hand in Hand über einen schmalen Trampelpfad hinunter ins Welde zu den Obstgärten, wo sie sich vier Jahre zuvor zum ersten Mal geküsst hatten. Sie sammelten Äpfel auf und pflückten die ersten reifen Pflaumen, und anschließend setzten sie sich auf eine alte Holzbank. Es roch nach vergorenem Fallobst, Wespen summten, und meine Großeltern machten an diesem Nachmittag etwas, was sie sonst nie machten, wenn sie sich sahen. Sie sprachen über den Krieg.

Vier Wochen zuvor hatte sich das Bombenattentat im Führerhauptquartier ereignet. Rudis Ausbildungskompanie war Teil des Ersatzheeres, also jener Truppen, die nicht an der Front stationiert waren. Im Fall eines Aufstands im Reich sollten diese Einheiten mobilisiert werden, und der Plan der Attentäter war es, sie für ihre eigene Sache zu nutzen. Am 20. Juli waren nachmittags Einsatzbefehle verschickt worden, auch an die Infanterieschule in Potsdam. Rudi, der Feldwebel, sorgte dafür, dass seine Kompanie sich zum Abmarsch in Richtung Berlin bereitmachte. Bis spät in die Nacht hinein war nicht klar, was passiert war. Erst am nächsten Morgen, als die Befehle zurückgezogen worden waren, erfuhren die Offiziersanwärter in Potsdam, dass es einen Anschlag auf Adolf Hitler gegeben hatte und dass ein Teil der höherrangigen Militärs, die hinter dem Attentat standen, bereits hingerichtet worden war.

Mein Großvater saß leicht vorgebeugt auf der Bank im Welde, als er von den Ereignissen erzählte, in der gleichen Haltung, in der er auch später immer sitzen sollte, den linken, steifen Arm auf dem Oberschenkel abgestützt, die Hand dabei leicht nach oben gedreht und den Daumen abgespreizt. Er würde sich wünschen, sagte er, die Verschwörer hätten Erfolg gehabt. Meine Großmutter wurde wütend. So etwas, fand sie, durfte man nicht einmal denken.

Es war ihr erster großer Streit, und schließlich erzählte Rudi ihr einen Vorfall, der sich 1941 in Polen ereignet hatte, vielleicht auch in der Ukraine. Eines Morgens war eine Handvoll Juden, die in der Kaserne der Wehrmacht arbeiteten, nicht zur Arbeit erschienen. Das Ghetto, in dem sie lebten, so hieß es, sei von der SS aufgehoben worden. Es geschehen schreckliche Dinge im Osten, sagte Rudi. Mehr erzählte er nicht, sagte meine Großmutter, und am Ende des Tages war der Streit zwischen ihnen wieder vergessen.

Es war eine rätselhafte Geschichte, und worüber meine Großmutter und mein Großvater im Spätsommer 1944 im Welde wirklich gesprochen hatten, erfuhr ich erst später. Ein halbes Jahr nach dem Tod meiner Großmutter sah ich noch einmal die Militärunterlagen meines Großvaters durch. Es gab darin kaum Datumsangaben, und die Orte, an denen er im Krieg stationiert war, ließen sich nur anhand einzelner, verstreuter Truppenmeldungen rekonstruieren. Als ich die Stationen untereinandergeschrieben hatte, stellte ich fest, dass zwischen den Episoden aus dem Krieg, die meine Großmutter mir geschildert hatte, eine Lücke von fast eineinhalb Jahren klaffte, vom August 1941 bis zum Dezember 1942.

Dass mein Großvater nach der Schussverletzung in der Ukraine an die Infanterieschule versetzt worden war, das war eine der schicksalhaften Wendungen, die zum festen Bestandteil der Liebesgeschichte meiner Großeltern gehörten. Tatsächlich war Rudi im Spätsommer 1941, nachdem die Wunde am Arm abgeheilt war, zu einem Infanterie-Ersatz-Bataillon abkommandiert worden, das in Gnesen stationiert war, einer Stadt, die fünfzig Kilometer von Posen entfernt lag, und am 1. Oktober 1942 wurde er dann mit dem Bataillon weit in den Osten verlegt, nach Kobryn.

Heute liegt die Stadt in Weißrussland. Ein Jahr nach dem Angriff auf die Sowjetunion gehörte sie zum deutschen Besatzungsgebiet, zum Reichskommissariat Ukraine, in dem

Juden systematisch in Ghettos zusammengefasst und getötet wurden.

In Kobryn war ein Teil der Bewohner des jüdischen Ghettos bei einem Massaker am 2. Juni 1942 ermordet worden, dreitausend Menschen, Männer, Frauen und Kinder, die mit Zügen in den Ort Bronnaja Gora transportiert und dort in einem eigens für diesen Zweck mit Stacheldraht abgesperrten Bereich am Rand der Stadt erschossen wurden.

Zwei Wochen nach Rudis Ankunft in Kobryn wurden dann die übrigen Juden ermordet. Diesmal waren es sechstausend Menschen, die an einem einzigen Tag in Bronnaja Gora umgebracht wurden, von Sonderkommandos, die aus Angehörigen der Ordnungspolizei bestanden. Es gab Widerstand, fünfhundert Juden versuchten vergeblich, den Polizeikordon zu durchbrechen, der um die Stadt gelegt worden war. Auch in der Kaserne der Wehrmacht war Alarm gegeben worden. Einschreiten mussten die Soldaten am Ende nicht. Die Sonderkommandos blieben unter sich.

Das Massaker ereignete sich am 15. Oktober 1942, und sollten tatsächlich Juden in der Kaserne der Wehrmacht gearbeitet haben, wie in der Geschichte, die meine mir Großmutter erzählt hatte, dann waren sie jetzt tot.

Rudi blieb noch bis Weihnachten in der Stadt. Erst am 26. Dezember kam er zurück nach Deutschland, jetzt tatsächlich an die Infanterieschule in Potsdam, doch in Kobryn war er dem Vernichtungskrieg und dem Massenmord an der Ostfront sehr nahe gekommen. Davon muss er im

Sommer 1944 meiner Großmutter erzählt haben, und es waren sicher mehr als nur Andeutungen.

Der Mord an den Juden von Kobryn wurde zu ihrem gemeinsamen Geheimnis, gut versteckt, genau wie die Ausgabe von »Mein Kampf«, die meine Großmutter zusammen mit den Erinnerungsfotos aus Altkloster bis an ihr Lebensende ganz hinten im Schrank aufbewahrt hatte. Der Nationalsozialismus, der Krieg und der Massenmord an den Juden waren kein Schatten, der auf die Erinnerungen meiner Großeltern fiel. Sie waren der Glutkern tief im Innern ihrer Liebesgeschichte, säuberlich verborgen unter harmlosen, anrührenden Anekdoten über eine zufällig gefundene Feldpostkarte und eine heimliche Verlobung in einer kalten Weihnachtsnacht.

Erzählungen brauchen Leerstellen. Sie sorgen für Spannung, und darüber hinaus wiegen sie den Leser in Sicherheit. Sie geben ihm das Gefühl, dem Autor nicht vollkommen ausgeliefert zu sein, sondern selbst an der Geschichte mitarbeiten zu dürfen. Man weiß ja, was damals passiert ist, hatte meine Großmutter gesagt, als sie mir davon erzählt hatte, wie Albert Fels im Krieg nach O. in die Heil- und Pflegeanstalt eingeliefert worden war, und natürlich hatte ich davon gehört, dass psychisch kranke Menschen während der Zeit des Nationalsozialismus getötet worden waren.

Mittlerweile hatte ich viel darüber gelesen. Die Vorgeschichte der nationalsozialistischen Krankenmorde reichte bis in die Zwanzigerjahre zurück. Damals setzten sich Politiker unterschiedlicher Parteien zum ersten Mal dafür ein, geistig behinderten Menschen weniger Fürsorge zukommen zu lassen, um Kosten im öffentlichen Gesundheitswesen einzusparen, und nahmen dabei auch den Tod von Patienten in Kauf. Gleichzeitig wurden Stimmen laut, die sich für das »Ausmerzen« vermeintlich erbkranker Menschen aussprachen. Ein Jahr, nachdem die Nationalsozialisten die Macht übernommen hatten, wurde dann das »Gesetz zur Verhütung erbkranken Nachwuchses« verabschiedet. Es ließ Zwangssterilisationen von psychisch kranken und missgebildeten Menschen zu und wurde zum Ausgangspunkt einer grausamen Entwicklung, die sich mit

Begriffen wie »Euthanasie« oder »Vernichtung von lebensunwertem Leben« verband.

Die ersten psychisch kranken Menschen wurden im Herbst 1939 getötet, und nur wenige Wochen nach Beginn des Krieges wurden die Ärzte an den Heil- und Pflegeanstalten im ganzen Land aufgefordert, Meldebögen auszufüllen, um diejenigen Patienten zu erfassen, die als »arbeitsuntüchtig« oder »rassisch unwert« galten.

Das war der Beginn der sogenannten Aktion T4, und auch in O. trafen Meldebögen ein, und Albert Kracke, der Leiter der Anstalt, füllte sie im Frühsommer 1940 gemeinsam mit seinem Stellvertreter aus. Am 21. September des gleichen Jahres wurden zunächst die jüdischen Patienten abgeholt, die stationär behandelt wurden. Es handelte sich um eine Gruppe von vier Männern und vier Frauen, die von der extra für diesen Zweck gegründeten Gemeinnützigen Krankentransportgesellschaft zuerst nach Wunsdorf am Steinhuder Meer gebracht wurden und eine Woche später weiter in das ehemalige Zuchthaus der Stadt Brandenburg. Dort wurden sie in den Laderaum eines Lastwagens gesperrt und mit Kohlenmonoxid erstickt. Ein halbes Jahr später wurden weitere einhundertneunundsiebzig Patienten aus O. abtransportiert, diesmal nach Hadamar in Hessen. Sie starben ebenfalls im Gas.

Das alles war in den vergangenen Jahren sehr genau dokumentiert worden. Unter anderem fand ich in einem Buch über die Geschichte der Heil- und Pflegeanstalt in O. eine Liste mit den Namen sämtlicher Opfer der Aktion T4, einschließlich der ermordeten jüdischen Patienten. Albert Fels war nicht unter ihnen. Ein Jahr später, im Dezember 1941, begannen die Deportationen im Regierungsbezirk O., und auch in dem Landkreis, in dem das Dorf meiner Großmutter lag, wurde sorgfältig Protokoll über die Namen der Opfer geführt. Zwölf Menschen wurden aus dem Kreis nach Riga verschleppt und von dort weiter in das Vernichtungslager Belzec, wo sie ermordet wurden. Auch hier war Fels nicht dabei.

Die Leitung der Klinik, die heute auf dem ehemaligen Klostergelände in O. untergebracht ist, hatte die Unterlagen aus den Dreißiger- und Vierzigerjahren dem Staatsarchiv übergeben. Ich schrieb einen Brief, und einige Wochen später bekam ich eine Kopie der Krankenakte von Albert Fels zugeschickt.

Gleich obenauf lag ein amtsärztliches Zeugnis. Ausgestellt hatte es der Medizinalrat Adolf Heinmüller, der das Gesundheitsamt im Landkreis leitete. Seinen Namen kannte ich aus einer Liste mit Verwaltungsangestellten aus der Vorkriegszeit. Heinmüller war Jahrgang 1890, er war verheiratet und hatte zwei Kinder. Er war Mitglied der NSDAP und im Nationalsozialistischen Deutschen Ärztebund, und er hatte Aufsätze über die Tuberkuloseversorgung im ländlichen Raum und über den Bau und die Einrichtung von Gesundheitsämtern veröffentlicht.

Adolf Heinmüller fasste den Verlauf der Ereignisse auf eineinhalb Seiten zusammen. Fels, schrieb er, habe sich an einem Sonntagabend betrunken und sei gestürzt. Am nächsten Morgen sei der Dorfarzt Walter Mazet gerufen worden. Er habe die Wunde verbunden, und am Nachmittag sei Fels bei ihm in der Praxis erschienen und habe über Kopfschmerzen geklagt. Der Patient habe nach Schnaps gerochen und betrunken gewirkt. Am nächsten Tag sei Mazet erneut gerufen worden. Fels habe sich im Bett hin- und hergeworfen und wirre Reden geführt. Mazet habe einen »deliriösen Zustand« vermutet und Fels in die Stadt in das

Krankenhaus eingewiesen. Fels habe weiterhin unruhig gewirkt und verwirrt, und der Stationsarzt habe sich der Diagnose des Dorfarztes angeschlossen. In einem Schreiben an das Gesundheitsamt habe er darauf hingewiesen, dass das Krankenhaus die erforderliche Pflege und Aufsicht des Patienten nicht gewährleisten könne.

Adolf Heinmüller zog weitere Erkundigungen im Dorf ein. Der Bürgermeister teilte ihm mit, dass Albert Fels seit Jahren trinke, vorwiegend Schnaps in größeren Mengen, und der Dorfpolizist, ein Gendarmeriewachtmeister namens Emil Dodzuweit, wusste zu berichten, dass Fels gerade erst ein größerer Betrag von seiner Tochter aus Südafrika angewiesen worden sei, er das Geld allerdings umgehend vertrunken habe. Albert Heinmüller untersuchte Fels noch einmal selbst im Krankenhaus und bestätigte die Diagnose: »Seine Unruhe und seine wirren Reden weisen auf Delirium hin.« Heinmüller empfahl, den Patienten in die Landes-Heil- und Pflegeanstalt zu verlegen: »Seine Einweisung halte ich zu seinem Schutze und seiner Heilung für dringend und sofort erforderlich.«

Bis dahin war das die Langfassung der Geschichte von Albert Fels, die ich bereits durch meine Großmutter kannte. Nur in einem Punkt wich sie ab. Meine Großmutter hatte mir erzählt, dass Albert Fels im Krieg in die Heil- und Pflegeanstalt eingewiesen worden war, und nachdem er nicht in das Dorf zurückgekehrt war, schien es klar zu sein, dass er zu den zahllosen jüdischen Opfern des Nationalsozialismus gehörte.

Tatsächlich war Albert Fels bereits eineinhalb Jahre vor Ausbruch des Krieges in die Heil- und Pflegeanstalt in O. eingeliefert worden. »Zugang: am 8. April 1938« stand auf dem Deckblatt der Akte, daneben »Abgang: am 11. April 1938« mit dem Hinweis: »Gestorben«.

Die weitere Krankengeschichte war auf vier Formblättern protokolliert worden. Albert Fels kam an einem Freitag in der Heil- und Pflegeanstalt an. Er wirkte stark benommen, redete verworren und konnte nur mit Mühe auf die Männerstation geschafft werden. Er bekam die Patientennummer 5463 zugewiesen und die Verpflegungsklasse 3. Eine Verständigung mit ihm war nicht möglich, Fels verweigerte das Essen und schlief unruhig.

Eine erste körperliche Untersuchung am Samstag brachte keine neuen Ergebnisse. Die Kopfwunde war schmerzempfindlich, Hinweise auf eine ernste Verletzung gab es jedoch nicht. »Patient schmiert und lässt unter sich«, notierte der diensthabende Arzt am Sonntag. Am Nachmittag stellten sich Atemprobleme ein, und es wurde ein Puls von 120 gemessen. Fels bekam Cardiazol verabreicht, ein Kreislaufmittel, das die Atemtätigkeit anregen sollte. Um 4.50 Uhr am nächsten Morgen wurde sein Tod festgestellt, nur drei Tage, nachdem er in der Heil- und Pflegeanstalt angekommen war. Albert Kracke, der Leiter der Anstalt, setzte noch am gleichen Morgen eine Sektion an und führte die Untersuchung persönlich durch.

Fels war zum Zeitpunkt seines Todes kein gesunder Mensch. Nach der Öffnung der Brusthöhle stellte sich zunächst heraus, dass sein Herz leicht vergrößert war. In der Hauptschlagader und den Kranzgefäßen waren kleinere, eher harmlose Ablagerungen zu erkennen, in der Lunge fanden sich dagegen akute Entzündungsherde und eine ältere Narbe, die auf eine frühere Erkrankung hinwies, möglicherweise auf eine Lungenentzündung. Die Blase war balkenartig verformt, Fels musste also schon seit längerem Probleme haben, Wasser zu lassen, und der Zustand der Leber wies genau wie die gelb verfärbte Haut auf eine beginnende Zirrhose hin, häufig eine Folge dauerhaften Alkoholkonsums. Dazu kam der auffällige, nicht behandelte Leistenbruch. Die Dünndarmschlingen hatten sich in den voluminösen Bruchsack verlagert, das Glied war in der Hautfalte verstrichen: Das war offenbar der »beklagenswerte körperliche Zustand«, der es Fels schon als jüngerem Mann unmöglich gemacht hatte, Geschlechtsverkehr zu haben, und der darum fünfundzwanzig Jahre zuvor im Scheidungsprozess zur Sprache gekommen war.

Obduktionen kannte ich bis dahin nur aus den Kriminalromanen und aus dem Fernsehen. Ich war überrascht, dass das Protokoll über weite Strecken recht verständlich geschrieben war, manchmal sogar in einer geradezu anschaulichen Sprache, wenn es zum Beispiel darum ging, das leichte Knirschen des Skalpells beim Schnitt durch das von der Zirrhose vernarbte Gewebe der Leber zu beschreiben oder das Knochenstück, so groß wie eine Kinderhand, das schräg von der Schädeldecke absprang, als der Arzt die Säge ansetzte.

Das war der entscheidende Moment. Auf den ersten Blick war nur eine drei Zentimeter lange Platzwunde am Hinterkopf zu sehen und eine dunkle Verfärbung oberhalb des linken Ohres, ein Bluterguss, wie ein bogenförmiger

Schnitt in die Kopfhaut zeigte, doch als der Knochen splitterte, war klar, dass der Schädel gebrochen war.

Das Gehirn wurde entnommen. Unter dem linken Schläfenlappen fand sich ein Blutgerinnsel und am Schläfenlappen selbst eine Stelle, so groß wie ein Zwei-Pfennig-Stück, in der die Hirnsubstanz weich und matschig war. Insgesamt waren es vier Verletzungen, eine weitere war auf der rechten Seite zu erkennen, ebenfalls am Schläfenlappen, so groß wie ein 5-Mark-Stück.

Die Leberkrankheit, die Arterienverkalkung, die Entzündungsherde in der Lunge, der Leistenbruch, all das war keineswegs lebensbedrohlich. Albert Fels war an den Folgen der Kopfverletzungen gestorben, genauer gesagt: in Folge von vier einzelnen Verletzungen am Kopf, von denen mindestens eine zu einem Schädelbruch geführt hatte. Unklar war nur, wie er sie sich zugezogen hatte.

Am nächsten Morgen setzte Albert Kracke einen handschriftlichen Brief an Adolf Heinmüller auf. »Der am 8. April hier eingelieferte Händler Albert Fels ist am 11. April verstorben.« Als Todesursache gab Kracke »Hirnverletzung« an, strich das Wort dann allerdings und ersetzte es durch die Formulierung »gewaltsame Hirnverletzung«. Er ergänzte: »Die Verletzung muss durch Fall oder Schlag entstanden sein.«

Zum Schluss lud der Leiter der Pflegeanstalt den Amtsarzt ein, sich ein eigenes Bild zu machen: »Das Hirn habe ich in toto fixieren lassen, und es steht Ihnen zur Verfügung.« Auch die Staatsanwaltschaft wurde informiert.

Wenn ich meine Großmutter anrief, bat sie mich jedes Mal um einen Moment Geduld. Sie hörte den Tag über Radio, ein Kulturprogramm, in dem ausschließlich klassische Musik lief und morgens ein Auszug aus einem Roman gelesen wurde. Seit sie nicht mehr gut zu Fuß war, dauerte es etwas länger, bis sie das Gerät ausgeschaltet hatte. Sie musste das tragbare Telefon zur Seite legen, vom Sessel aufstehen, den Rollator durch das Wohnzimmer schieben, was nicht ganz einfach war, weil sie die Räder immer wieder anheben musste, um sie über die Kante des dicken Teppichs zu hieven. Dann musste sie sich vorsichtig vorbeugen, um den Ausschaltknopf am Radio zu erreichen, das auf einem der unteren Regalbretter der Schrankwand stand, um sich anschließend wieder aufzurichten, zurück zu ihrem Sessel zu gelangen, sich hinzusetzen und das Telefon wieder in die Hand zu nehmen.

Dazu kam, dass meine Großmutter in den letzten Jahren ihres Lebens nicht mehr gut hörte. Es ging dabei weniger um die Lautstärke des Gesagten, so versuchte sie es mir zu erklären, als darum, dass die Worte sie langsamer zu erreichen schienen als früher. Es war eine Art Signalverzögerung, die beim Telefonieren besonders auffiel, und unsere Gespräche bekamen dadurch einen eigenwilligen Rhythmus. Meine Nachfragen erreichten meine Großmutter oft erst, wenn sie bereits beim nächsten Gedanken war, manchmal unterbrach sie sich auch selbst, stockte, weil sie glaubte, die

Leitung sei gestört und ich könne sie möglicherweise nicht mehr hören.

So hatten wir uns langsam und in kleinen, schleifenartigen Bewegungen durch die Jahre ihrer Kindheit, ihrer Jugend und die ersten Jahre ihres Erwachsenenlebens hindurchgearbeitet. Wir waren in der Zeit zurückgeschritten, dann wieder nach vorn gesprungen, und immer wieder tauchten überraschend Erinnerungen auf, die mit Albert Fels zu tun hatten, zum Beispiel die Geschichte von den Schuhen, die er der Mutter meiner Großmutter im April 1917 zur Konfirmation geschenkt hatte, also noch während des Ersten Weltkriegs.

Lederschuhe waren damals Mangelware, und trotzdem war es Albert Fels gelungen, ein Paar Damenschuhe mit Absatz aufzutreiben. Ein Bekannter von ihm, ein reisender jüdischer Händler, hatte sie für ihn aufgetan, so hatte meine Großmutter es von ihrer Mutter erzählt bekommen. Elegante Schnürstiefel an den schmalen Füßen eines vierzehnjährigen Mädchens, das ein schwarzes Kleid mit besticktem Saum trägt und in den Händen ein Gesangbuch hält, es ist eine fotografische Erinnerung, hinter der wie in einer Doppelbelichtung das Porträt von Albert Fels aufscheint. Onkel Fels, das war ein älterer, alleinstehender Mann, der ein bisschen zu viel trank, aber immer freundlich zu den Kindern war und der im Grunde genommen zur Familie gehörte, nur dass er eben zugleich Teil einer anderen, fremden Welt war, in der ein geschickter jüdischer Händler sogar mitten im Ersten Weltkrieg noch ein Paar Lederschuhe beschaffen konnte.

Vier Jahre zuvor war die Offene Handelsgesellschaft Dilly & Fels aufgelöst worden. Um nach der Scheidung Unterhaltszahlungen leisten zu können, es war ein einmaliger Betrag vereinbart worden, hatte Albert Fels sich von seinem Geschäftspartner auszahlen lassen. Die Verträge gibt es nicht mehr, nur einen Vermerk im Grundbuch der Gemeinde. Am 24. Juni wurde der Eintrag geändert, der das Weideland betraf, das die beiden Männer fünf Jahre zuvor gemeinsam gekauft hatten. Alleiniger Besitzer war jetzt der alte Dilly, der Großvater meiner Großmutter.

Betty und Gertrud kamen nie wieder ins Dorf. Albert Fels blieb zunächst in der Wohnung im Nebenhaus. Er fuhr weiterhin mit dem Pferdewagen über die Höfe, begutachtete Vieh und handelte Preise aus. Doch die Kräfteverhältnisse hatten sich verschoben. Fels war vom Unternehmer zum Angestellten geworden. Der Mann, den er zu seinem Geschäftspartner gemacht hatte, war jetzt sein Chef, und auch ein Nachfolger war bereits ausgemacht.

Der alte Dilly hatte drei Töchter und einen Sohn. Er hieß Hermann, genau wie sein Vater, und war im März 1900 auf die Welt gekommen, also kurz nachdem das Unternehmen Dilly & Fels gegründet worden war. Hermann war ein Jahr älter als Albert Fels' Tochter Gertrud, und als Kinder müssen die beiden zusammen im Garten gespielt haben, genau wie knapp dreißig Jahre später meine Großmutter und ihre Cousinen.

Hermann besuchte die Volksschule und trat anschließend bei seinem Vater in den Betrieb ein, um das Handwerk des Schlachters zu lernen, und wenn Albert Fels über die Bauernschaften fuhr, kam Hermann mit, um einen ersten Einblick in den Viehhandel zu bekommen. Nicht mehr lange, dann würde Fels für ihn arbeiten.

Ich habe Hermann Dilly nicht kennengelernt. Er starb acht Jahre vor meiner Geburt. Sein Sohn übernahm die Schlachterei, die bis heute im Familienbesitz ist. Ihn und seine Frau traf ich regelmäßig bei Geburtstagen und anderen Festtagen im Haus meiner Großeltern. Und obwohl in meiner Familie gern über die Vergangenheit gesprochen wurde, kam das Gespräch nie auf die Jahre, in denen sein Vater den Betrieb geführt hatte. Auch meine Großmutter, die sich sonst sehr genau an einzelne Verwandte erinnerte, wusste nicht viel über ihren Onkel zu berichten. Eigentlich gab es nur eine einzige Geschichte, die sie gern erzählte.

Am 17. März 1918 war Hermann Dilly achtzehn geworden. Der Erste Weltkrieg neigte sich bereits dem Ende zu, als er eingezogen wurde. Ein halbes Jahr später kehrte er unversehrt heim, und nachdem er in einem Infanterieregiment der preußischen Armee mit anderen jungen Männern zusammengekommen war, die Pläne für die Zeit nach dem Krieg schmiedeten, war ihm die Lust vergangen, seinem Vater beim Schlachten zur Hand zu gehen. Im Frühjahr 1921, als Hermann Dilly endlich volljährig war und selbst entscheiden konnte, was er mit seinem Leben anfangen wollte, ging er nach Berlin, um dort gemeinsam mit seinem Schwager August, das war der Mann seiner Schwester Marie, und seinem Vetter Oskar ein Kino aufzumachen.

Nach dem Krieg war Berlin zur Filmstadt geworden. Studios wurden gebaut, überall in der Stadt eröffneten neue

Lichtspieltheater, und am Anfang soll es für Hermann Dilly und seine beiden Kompagnons recht gut gelaufen sein. Sie trugen maßgeschneiderte Anzüge, tranken Champagner, speisten am Kurfürstendamm in den besten Lokalen und warfen mit Geld nur so um sich. Zumindest war es das, was später im Dorf erzählt wurde. Vermutlich war die Sache dabei größer geworden, als sie in Wirklichkeit war, aber mehr als die Erinnerungen meiner Großmutter an die Geschichten, die sie als Kind aufgeschnappt hatte, gab es nicht, keine Fotos aus der Zeit in Berlin, keine Briefe, keine Dokumente, und auch in den Adressbüchern der Stadt hatten Hermann Dilly und die anderen keine Spuren hinterlassen.

Lange blieben sie auf jeden Fall nicht in Berlin. Im Winter 1922/1923 verlor die Mark rasch an Wert, und es gab immer mehr und immer größere Geldscheine, mit denen man wenig oder gar nichts kaufen konnte. An den Kassen der Lichtspieltheater wurde jetzt in Naturalien gezahlt. Zwei Hühnereier oder eine Handvoll Kohle waren der Preis für einen Sitzplatz, heißt es, und sollte Hermann Dilly jemals auch nur auf dem Weg gewesen sein, ein Kino zu eröffnen, dann machte ihm spätestens jetzt die Inflation einen Strich durch die Rechnung.

Die drei jungen Leute kehrten zurück. Hermanns Vetter Oskar heiratete und eröffnete gemeinsam mit seiner Frau eine Kneipe in einem Haus gegenüber von Dillys Schlachterei. Sie sollten schon bald eine Tochter bekommen, Gerda. Sie war nicht nur um zwei Ecken mit meiner Großmutter verwandt, sondern auch für viele Jahre ihre beste Freundin, und sie kannte, weil sie abends oft im Schankraum der Kneipe bei ihren Eltern saß, all die Geschichten, die die Erwachsenen eigentlich nicht vor Kindern besprachen.

Hermanns Schwester Marie zog mit ihrem Mann in die Stadt. August machte sich als Klempner selbstständig, aber eigentlich sah er sich als Künstler und richtete sich im Hinterzimmer seiner Werkstatt ein kleines Atelier ein, in dem er Landschaftsszenen malte. Und Hermann Dilly zog zurück in das Haus seiner Eltern. Vier Wochen später verlobte er sich mit der Tochter des Schusters. Das Abenteuer war vorbei.

Der alte Dilly war damals neunundfünfzig Jahre alt und hatte Probleme mit dem Herzen. Nachdem Hermann aus Berlin zurückgekehrt war, beschloss sein Vater, sich zur Ruhe zu setzen und die Schlachterei und den Viehhandel seinem Sohn zu übergeben, den Kolonialwarenladen jedoch seiner jüngsten Tochter Wilhelmine zu überlassen. Die spätere Mutter meiner Großmutter war mit einem jungen Kaufmann verlobt, der seit Ende des Krieges in einem der anderen Läden im Dorf arbeitete. Die Konstellation war günstig, und so wurde ein Termin für eine Doppelhochzeit festgelegt. Hermann Dilly und Wilhelmine heirateten am selben Tag, am 3. Mai 1924. Es war ein Generationenwechsel, ein neuer Abschnitt in der Familiengeschichte, die Zeit, an die meine Großmutter sich später erinnern würde. Die beiden jungen Ehepaare übernahmen die Geschäfte, sie bekamen Kinder, sie erlebten, wie der Nationalsozialismus in den dreißiger Jahren den Alltag bestimmte und wie schließlich der Krieg ausbrach, der alles verändern sollte.

Ein Jahr nach der Hochzeit starb der Großvater meiner Großmutter. Ein Testament gab es nicht, also trafen sich die Geschwister vier Wochen nach dem Tod des Vaters am 17. Juli 1925 mit einem Notar, um den Nachlass zu regeln. Das vierseitige Protokoll ähnelte dem Hausverlasskontrakt, den Itzig Fels kurz vor seinem Tod in Kreiensen mit seinen Kindern geschlossen hatte: Es war eine Momentaufnahme, in der die Familiengeschichte für einen kurzen Augenblick stillgestellt wurde, wie auf einem der Gruppenfotos, die bei Hochzeiten oder runden Geburtstagen von den versammelten Gästen gemacht werden.

Der alte Dilly war zum Zeitpunkt seines Todes ein erfolgreicher Geschäftsmann. Das Unternehmen, das er fünfundzwanzig Jahre zuvor mit Albert Fels gegründet hatte, war stetig gewachsen, und er hatte einiges zu vererben. Ihm gehörten die Wohnhäuser und die Wirtschaftsgebäude auf dem Grundstück, dazu kam ein weiteres Haus, das er kurz vor dem Krieg gekauft und vermietet hatte. Außerdem gab es das Weideland, das die OHG Dilly & Fels einst erworben hatte und das jetzt zu gleichen Teilen unter den Kindern aufgeteilt wurde.

Es blieb dabei, dass Hermann die Schlachterei und die Viehhandlung und seine jüngere Schwester den Laden weiterführen würde, so wie ihr Vater es sich vor seinem Tod gewünscht hatte. Ihre Geschwister Anna und Marie zahlten sie aus. Es ging dabei um einen Gesamtbetrag von 10.000 Reichsmark. Ein Arbeiter verdiente Mitte der Zwanziger mit Glück gerade einmal 1.500 Reichsmark im Jahr, es waren also stattliche Summen, über die an diesem Tag entschieden wurde.

Auch die Wohnverhältnisse wurden geregelt und notariell festgeschrieben. Die Eltern meiner Großmutter, die den Laden weiterführten, würden im Haupthaus bleiben, und Hermann Dilly würde mit seiner Frau ins Nebenhaus ziehen. Dort hatte bisher Albert Fels gewohnt. Seine Wohnung musste er räumen, und die wenigen Möbel, die ihm nach der Scheidung geblieben waren, darunter das zweischläfrige Bett seiner Eltern, holte ein Händler aus der Stadt ab.

Ab jetzt schlief Fels auf der Diele in der Kammer, in der das Futter für Tiere gelagert wurde, Wand an Wand mit dem Knecht und der Magd. Genau wie meine Großmutter es mir später erzählen sollte.

Es war nicht leicht, etwas über Hermann Dilly in Erfahrung zu bringen. Ich bat meine Großmutter, mir mehr über ihren Onkel zu erzählen, mit dem sie immerhin fast dreißig Jahre lang Tür an Tür gewohnt hatte, doch am Ende war es nur eine Handvoll kleiner, harmloser Anekdoten über einen unangenehmen Verwandten.

Besonders nett war Hermann Dilly nicht. Bei Feiern kippte er den anderen Männern heimlich Schnaps ins Bier, um sie betrunken zu machen, und wenn die Kinder im Garten spielten, schüttete er ihnen manchmal ohne Vorwarnung einen Eimer mit stinkendem Abwasser aus der Schlachterei vor die Füße. War er zu Besuch in seinem ehemaligen Elternhaus, dem Haupthaus, in dem meine Großmutter mit ihren Eltern lebte, verhielt er sich so, als ob er immer noch dort wohnte, schlenderte durch alle Räume, zog Schubladen auf, öffnete Schränke, und manchmal schnitt er sich in der Küche einfach ein Stück Kuchen ab und stopfte es sich in den Mund, nur um sich über den peinlich berührten Gesichtsausdruck seiner jüngeren Schwester zu amüsieren.

Hermann Dilly war arrogant und überheblich, und er war jähzornig. Seine Töchter bekamen Schläge mit dem Stock, wenn sie schlechte Noten aus der Schule nach Hause brachten, und meine Großmutter erinnerte sich, wie sie am offenen Küchenfenster stand und das Weinen ihrer Cousinen aus dem Nachbarhaus hörte, bis ihre Mutter kam, das Fenster schloss und sie in ein anderes Zimmer schickte.

Der Onkel meiner Großmutter scherte sich nicht darum, was seine Verwandten oder seine Nachbarn von ihm hielten. Auch im Umgang mit Behörden hatte er ein dickes Fell. Schlachtbetriebe unterlagen besonderen Kontrollen, und auf den Dörfern mussten diese Aufgabe in den Zwanzigerjahren die Dorfpolizisten erfüllen, die damals noch Landjäger hießen. Jahr für Jahr besichtigten sie in ihrem Amtsbereich die Schlachtereien und überprüften, ob die entsprechenden Vorschriften eingehalten wurden. Der dazugehörige Briefwechsel zwischen dem Landrat und seinen Landjägern hat sich im Staatsarchiv in O. erhalten, kleinformatige Blätter aus hauchdünnem Durchschlagpapier, die man vorsichtig umblättern muss, damit sie nicht zu Staub zerfallen: »Ich ersuche, im Laufe dieses Monats die Schlachtereianlagen einschließlich der Fleischwarenfabriken eingehend zu besichtigen und festzustellen, ob die Bedingungen der Genehmigungsurkunde innegehalten werden und Sauberkeit in allen Betriebsstätten herrscht«, hieß es in einem Rundschreiben, das der Landrat aufsetzte.

Im Dorf meiner Großmutter fuhr der Landjäger, das war damals ein Mann namens August Rittmeister, mit seinem Dienstfahrrad zur Schlachterei von Hermann Dilly, um zu überprüfen, ob die Abfälle ordnungsgemäß in einer Tonne gesammelt und mit Kalkmilch übergossen wurden oder ob die Wände der Betriebsräume bis zu einer Höhe von zwei Metern mit einer abwaschbaren Farbe gestrichen worden waren, und zwar in einer hellen Farbe und nicht in Rot. Das wurde ausdrücklich in dem Schreiben des Landrats gefordert. Frische Blutspritzer sollten gut zu erkennen sein, damit sie vollständig beseitigt werden konnten. Mit diesem Anstrich jedenfalls nahm Hermann Dilly es nicht so genau, und August Rittmeister stellte bei seinen Revisionen regelmäßig fest, dass die Wände in der Schlachterei »nicht sauber«, »beschmutzt«, ja »schmutzig« seien.

Im März 1929 zum Beispiel musste der Gemeindevorsteher dann Geld bei Hermann Dilly eintreiben, weil er trotz wiederholter Aufforderung der Schlachterzwangsinnung Beiträge in Höhe von 12,60 Mark schuldig geblieben war, und er musste wieder gedrängt werden, die Wände zu weißen.

Im selben Jahr stellte sich dann bei einer gründlichen Revision heraus, dass Hermann Dilly die Schlachterei ohne Konzession betrieb. In den fünf Jahren, die seit dem Tod seines Vaters vergangen waren, hatte er sich nicht um eine neue Genehmigungsurkunde gekümmert, und auch jetzt hatte er es damit nicht eilig. Die notwendigen Unterlagen beantragte er erst Mitte 1930, als ihm bereits ein Verfahren vor dem Amtsgericht drohte.

Nach und nach ließ sich ein Bild skizzieren. Hermann Dilly war anscheinend ein Querulant, der nach der gescheiterten Unternehmung in Berlin und seiner Rückkehr keine Lust hatte, seinen Platz in der kleinen Dorfgemeinschaft einzunehmen. Er schien einen tiefen Groll gegenüber seiner Umwelt zu hegen, der sich in Hochmut ausdrückte, einer

Vorliebe für gemeine Scherze und der festen Überzeugung, dass die Regeln, die andere befolgten, für ihn nicht galten.

Vor unangenehmen Folgen hatte er keine Angst und auf den ersten Blick sah es so aus, als ob er es nach 1933 wegen seines jüdischen Angestellten Albert Fels sogar auf eine Auseinandersetzung mit den neuen Machthabern ankommen ließ.

Eine weitere Erinnerung meiner Großmutter, die mit Albert Fels zu tun hatte, stammte aus den Fünfzigerjahren. Ein Nachbar hatte geheiratet, und weil seine Frau von einem der Höfe in der Umgebung kam, waren Angehörige bäuerlicher Familien zur Hochzeitsfeier eingeladen. Das war etwas Besonderes, denn auch nach dem Krieg verlief noch eine unsichtbare Grenze zwischen den Dorfbewohnern, den Handwerkern und Arbeitern, und den alteingesessenen Bauern, deren Höfe über Jahrhunderte hinweg von Generation zu Generation weitergeben worden waren.

Mein Großvater reiste damals bereits als Vertreter, und meine Großmutter war allein auf die Feier gegangen. Im Laufe des Abends kam sie mit einem älteren Landwirt ins Gespräch, der neben ihr saß. Am Anfang war es eine etwas schwerfällige Unterhaltung, eine Suche nach möglichen Berührungspunkten zwischen zwei Menschen, die zwar in der gleichen Gegend lebten, aber unterschiedlich alt waren und nicht den gleichen gesellschaftlichen Status hatten.

Dann stellte sich heraus, dass der Tischnachbar meiner Großmutter schon ihren Großvater gekannt hatte, den Vater von Hermann Dilly. Der Bauer hatte noch Geschäfte mit dem alten Dilly gemacht und ihm Kälber und Ferkel verkauft, und irgendwann fiel in diesem Gespräch der Satz, an den meine Großmutter sich auch Jahrzehnte später noch erinnerte. Ihr Großvater, sagte der Landwirt, in dem polternden Tonfall, den ältere Männer im Dorf und in der

Umgebung bis heute jüngeren Frauen gegenüber anschlagen, ihr Großvater, das sei ein weißer Jude gewesen.

Meine Großmutter wusste sehr genau, was damit gemeint war. Der Begriff gehörte in das antisemitische Vokabular der Nationalsozialisten, und sie hatte ihn oft in der Schule und beim BDM gehört. Im Jargon der Zeit war ein weißer Jude ein Deutscher, der, ohne selbst jüdisch zu sein, eine vermeintlich jüdische Haltung an den Tag legte, indem er zum Beispiel Geschäfte mit einem Juden machte. Auch zehn Jahre nach dem Ende des Zweiten Weltkriegs war die Formulierung noch in Gebrauch, und meine Großmutter sagte, dass sie sich damals auf der Hochzeit geschämt hatte, nicht für ihren Tischnachbarn, sondern für ihren Großvater, der einen Juden in seinem Betrieb beschäftigt hatte.

Es war das erste Mal, dass das Bild von Albert Fels, das sie mir gegenüber gezeichnet hatte, abstraktere Züge bekam. Oder waren sie schon eher zu erkennen gewesen? Albert Fels war in den Erzählungen meiner Großmutter nicht nur ein gutmütiger alter Mann, der nachmittags auf der Bank vor der Scheune in der Sonne döste, sondern auch ein körperlich entstellter Jude, der einen monströsen Leistenbruch unter weiten Gewändern verbarg und mit seiner viel zu großen Nase, den meckernden Lauten, die er von sich gab, und seinem untrüglichen Gespür für das Geschäftemachen einer antisemitischen Karikatur entsprungen zu sein schien.

Die Beziehungen zwischen der Landbevölkerung und den jüdischen Viehhändlern, Schlachtern und fahrenden Händlern waren pragmatisch bestimmt. Viele Bauern machten gern Geschäfte mit ihren jüdischen Nachbarn, weil sie gute Preise zahlten und großzügig Kredit gaben. Itzig Fels, der Vater von Albert Fels, hatte davon profitiert, erst in Wenzen und später in Kreiensen, und es gibt keine Anzeichen dafür, dass das in der Gegend, in der das Dorf meiner Großmutter lag, anders war.

Die kleine jüdische Gemeinschaft, die dort in napoleonischen Zeiten entstanden war, bestand zunächst nur aus vier Familien. Eine davon war die von Abraham Meyer, dem ersten jüdischen Händler im Dorf. Die Gemeinde wuchs schnell, und bereits 1815 wurde in einem benachbarten Kirchspiel ein Bethaus errichtet, knapp vierzig Jahre später dann eine Synagoge, und es wurde auch ein jüdischer Friedhof angelegt. 1897 wurde der Sitz der Gemeinde aus dem Kirchspiel in die Stadt verlegt, der Friedhof jedoch blieb. 1924 wurde er zum Ziel eines Angriffs, Grabsteine wurden umgeworfen und zertrümmert. Der neue, aggressive Antisemitismus, der sich in Deutschland ausbreitete und Ende 1923 einen ersten Höhepunkt erreicht hatte, hatte auch fernab der großen Städte Anhänger gefunden. Die Täter wurden nie ermittelt.

Im Mai 1929 wurde das Dorf meiner Großmutter in den Akten des Landratsamtes zum ersten Mal im Zusammenhang mit der NSDAP erwähnt. Ein kleiner Funktionär der Partei, ein Bauer aus Cuxhaven, der die ländlichen Regionen Norddeutschlands bereiste, sprach im Saal der Gaststätte, und der Landrat forderte einen Bericht über die Veranstaltung an.

Der Redner brachte das Publikum auf seine Seite, indem er vorrechnete, wie sich der Preis landwirtschaftlicher Produkte in Deutschland auf dem Weg zum Verbraucher verdoppelte, ohne dass die Bauern und die Händler vor Ort angemessen beteiligt würden. Das kam gut an. Auch hier im Landkreis hatte man die Folgen der Wirtschaftskrise zu spüren bekommen. Damit war der Boden bereitet für scharfe politische Angriffe auf jüdische Politiker und die Weimarer Republik, die Wucherrepublik, wie der Funktionär der NSDAP es formulierte.

Die Versammlung war gut besucht, und vielleicht stimmte es ja sogar, dass die Mehrheit der Anwesenden eher aus Neugier und nicht »aus innerer Anteilnahme« gekommen war, wie der Landrat in einem Brief an den Regierungspräsidenten behauptete. Trotzdem wurden die Veranstaltungen der NSDAP von nun an von den Behörden sorgfältig beobachtet.

In der Kreisstadt hatte sich bereits Anfang 1929 nach einem halben Jahr Vorlauf eine Ortsgruppe gegründet, mit zweiundzwanzig Mitgliedern, die meisten davon Landwirte und Geschäftsleute, und im Sommer 1930 gründete sich auch im Dorf meiner Großmutter eine fünfzehn Mann starke Ortsgruppe der NSDAP. Oskar, der Vetter von Hermann Dilly, der mit ihm nach Berlin gegangen war und jetzt die Kneipe gegenüber der Schlachterei betrieb, gehörte zu den ersten Mitgliedern.

Die Redner der NSDAP hetzten auf Veranstaltungen heftig gegen die Juden. Nach der Machtübernahme kam es im April 1933 zu einer landesweiten Boykottaktion gegenüber jüdischen Kaufleuten, Ärzten und Rechtsanwälten, und in den kommenden Wochen und Monaten wurden die ersten Gesetze erlassen, die sich gegen die jüdische Bevölkerung richteten. Jüdische Beamte wurden in den Ruhestand versetzt, jüdische Angestellte wurden aus dem öffentlichen Dienst ausgeschlossen, und auch gegen jüdische Schlachter und Viehhändler wurden erste Maßnahmen ergriffen. Das Schächten wurde generell verboten, in einzelnen Städten wurden jüdische Händler von den Märkten ausgeschlossen, und der Reichsverband des nationalen Viehhandels nahm seit September 1933 keine jüdischen Mitglieder mehr auf.

In dem Landkreis, in dem das Dorf meiner Großmutter lag, war von all dem allerdings zunächst nichts zu spüren. Erst zwei Jahre später sollte auch Albert Fels die Aufmerksamkeit der Parteifunktionäre auf sich ziehen.

Im Sommer 1935 überzog eine zweite, sehr viel heftigere antisemitische Welle das Land. Auslöser waren tätliche Angriffe auf jüdische Mitbürger auf dem Kurfürstendamm in Berlin. Die gewalttätigen Ausschreitungen, die von der Berliner NSDAP initiiert worden waren und an der auch die SA beteiligt war, wuchsen sich zu mehrtägigen Krawallen aus, die in der Presse als Ausdruck gerechten Volkszorns dargestellt wurden: Juden hätten eine Filmvorführung in einem Lichtspieltheater am Kurfürstendamm gestört, worauf es zu einer spontanen Kundgebung gekommen sei: »Eine größere Menschenmenge gab ihrem Unwillen über das herausfordernde Benehmen der jüdischen Theaterbesucher Ausdruck. In den benachbarten meist von Juden besuchten Gast- und Kaffeehäusern verwahrte sich das Publikum gegen das immer dreister werdende Auftreten der Juden«, so wurden die Vorfälle zwei Tage später im Kreisblatt zusammengefasst.

Überall in Deutschland wurden jetzt Synagogen geschändet, die Schaufenster jüdischer Geschäfte wurden beschmiert, und immer wieder wurden jüdische Mitbürger attackiert. Die Aktionen wurden vom Propagandaapparat des Regimes mit gezielter Hetze begleitet. Städte und Gemeinden verbannten Juden systematisch aus dem öffentlichen Leben. Kurorte schlossen jüdische Gäste aus, Juden war es verboten, Parks zu betreten oder ins Kino zu gehen, und in der Stadt, in der meine Großmutter im Jahr darauf die Höhere Mädchenschule besuchen sollte, wurde im August an der Badeanstalt ein Schild mit der Aufschrift »Juden unerwünscht« aufgestellt.

Im Regierungsbezirk O. gerieten auch die jüdischen Viehhändler in den Blick der Behörden. Die Gestapo beklagte am 4. August 1935 in einem Lagebericht, dass jüdische Viehhändler sich besonders in dem Landkreis, in dem das Dorf meiner Großmutter lag, steigender Beliebtheit bei den Bauern erfreuten. Mitte August berichtete die Zeitung, dass die Kreisbauernschaft auf Anregung des Landesbauernführers eine schwarze Liste anlegen werde, mit den Namen derjenigen Landwirte, die weiterhin mit Juden Geschäfte machten.

Am 20. August rief dann ein Redner der NSDAP bei einer Kundgebung in O. dazu auf, jüdische Händler und Handwerker zu boykottieren. Im Anschluss an die Kundgebung kam es zu Ausschreitungen gegen jüdische Geschäfte. Die Stimmung im Regierungsbezirk heizte sich auf, und zehn Tage später teilte die Kreisleitung der NSDAP dem Schlachter und Viehhändler Hermann Dilly schriftlich mit, dass sein Angestellter Albert Fels nicht mehr für ihn handeln dürfe. Ab sofort sei ihm es nur noch erlaubt, »Gespanndienste in Heimarbeit« zu leisten, also kleinere Arbeiten mit Pferd und Wagen zu erledigen.

Das Handelsverbot, das für Albert Fels galt, war allein auf Initiative der Funktionäre in der Kreisstadt zustande gekommen. Ein Gesetz, das Juden den Ankauf von Vieh untersagte, gab es noch nicht.

Im September 1935 wurden jedoch die Nürnberger Gesetze verabschiedet, in denen zum ersten Mal eine deutliche juristische Trennlinie zwischen Deutschen und Juden gezogen wurde. Das Gesetz zum Schutze des deutschen Blutes und der deutschen Ehre verbat die Ehe und den außerehelichen Geschlechtsverkehr zwischen Juden und Nichtjuden. Das Reichsbürgergesetz legte fest, dass die vollen politischen Rechte ab sofort nur Reichsbürgern zustanden, also Staatsangehörigen, die »deutschen oder artverwandten Blutes« waren. Juden waren damit zu Staatsangehörigen zweiter Klasse geworden. Sie hatten das Wahlrecht verloren und durften keine öffentlichen Ämter mehr innehaben. Für Albert Fels hatte das keine praktischen Auswirkungen, aber der Gendarmeriewachtmeister Emil Dodzuweit, der drei Jahre später in dem amtsärztlichen Zeugnis von Albrecht Heinmüller erwähnt werden sollte, wies von nun an im Schriftwechsel mit dem Landrat pflichtbewusst darauf hin, auf welcher Seite der Linie der Angestellte von Hermann Dilly stand: »Fels ist Jude.«

Albert Fels hatte bereits als Kind, als er mit seinem Vater und seinem Bruder William von Kreiensen aus über die Bauernschaften im Harzvorland zog, gelernt, worauf es ankam. Ein Jude, der mit einem Bauern ins Geschäft kommen wollte, musste die richtige Rolle spielen, also den kleinen Krämer geben, der einen guten Preis machte, der auch einmal einen Vorschuss zahlte oder einen Kredit einräumte, wenn das Geld nach einer verregneten Ernte gerade knapp war, und den man an den anderen Tagen wie einen räudigen Hund mit einem Fußtritt vom Hof jagen konnte.

Als Albert Fels bei Simon Abraham Simon in Stellung ging, fand er sich auch in der neuen Umgebung schnell in diese Rolle ein, und als er mit dem Großvater meiner Großmutter die OHG Dilly & Fels gründete, einigten die beiden sich von Anfang an auf eine klare Arbeitsteilung. Die Bauern, die die alteingesessenen Höfe bewirtschafteten, machten lieber Geschäfte mit einem Juden als mit dem Sohn von Heuerleuten. So fuhr Albert Fels mit dem Wagen übers Land, um Vieh aufzukaufen, während sein Partner sich um die Schlachterei kümmerte und die Bücher führte, und nach der Scheidung, als Fels seine Anteile an dem Unternehmen abgab, blieben sie bei dieser Aufgabenverteilung.

Als der alte Dilly starb und sein Sohn Hermann die Schlachterei und die Viehhandlung übernahm, war Fels dreißig Jahre als Händler unterwegs gewesen. Die Jüngeren unter den Bauern kannte er, seit sie Kinder waren. Hermann Dilly muss geahnt haben, dass er selbst nicht der Richtige für diesen Teil der Arbeit war, weniger noch als sein Vater. Er hasste es, von den Bauern von oben herab behandelt zu werden, also ließ er Fels weiter über die Höfe fahren, und als der Landrat Ende 1929 ein Verzeichnis sämtlicher Schlachtereibetriebe im Kreis erstellen ließ, wurde Hermann Dilly als »Schlachter« eingetragen und Albert Fels als »Aufkäufer«.

Mit dem Handelsverbot, das die Kreisleitung der NSDAP sechs Jahre später verhängte, war diese Arbeitsteilung beendet. Jetzt galten neue Regeln, und Hermann Dilly, der Querulant, fand sich damit nicht leicht ab.

Im Dorf wurde damals den ganzen Winter über eifrig für das Winterhilfswerk gesammelt. Das war eine Wohltätigkeitsorganisation, die der NSV, der Nationalsozialistischen Volkswohlfahrt, unterstellt war. In den Geschäften und Kneipen standen Sammelbüchsen für den so genannten Winterpfennig, und selbst in einem kleinen Dorf, in dem gerade einmal sechshundert Menschen wohnten, gab es Straßensammlungen.

So stand meine Großmutter an kalten Januartagen an der Kreuzung vor dem Laden ihres Vaters, in der linken Hand eine Blechdose, in der rechten ein Bündel mit kleinen Schmuckanhängern, die in kleinen Werkstätten in Thüringen oder im Rheinland hergestellt wurden und als Dank für eine Spende verschenkt wurden. Einen dieser Anhänger hatte meine Großmutter aufbewahrt. Er hing bis zu ihrem Tod an dem Wandschrank in ihrer Küche, eine leicht gewölbte Glasscheibe, in die die Silhouette einer Biene eingeschliffen worden war.

Als ich die Ausgaben des Kreisblatts aus den Dreißigerjahren durchging, war ich überrascht, wie viel Platz die Aktivitäten der NSV einnahm. Den ganzen Winter über erschienen Berichte über das Spendenaufkommen mit lobenden Worten für alle, die sich an den Sammlungen beteiligten. Monat für Monat wurden außerdem die Termine für Eintopfsonntage bekannt gegeben, an denen die Familien aufgefordert waren, auf den Sonntagsbraten zu verzichten und stattdessen Eintopf zu essen und das gesparte Geld für das Winterhilfswerk zu spenden. Auch Rezept-Vorschläge gab es in der Zeitung, Erbsen mit Wurst, Weißkohl mit Rindfleisch, Gemüseeintopf mit Einlage, und als ich meine Großmutter danach fragte, erinnerte sie sich, dass ihre Eltern sich darüber lustig gemacht hatten. Bei ihnen zu Hause gab es ohnehin häufig Eintopf, auch am Sonntag.

Zum Winterhilfswerk gehörte auch die Pfundsammlung, bei der in regelmäßigen Abständen Kleider und Lebensmittel gespendet werden konnten, pfundweise, daher der Name. Der Vater meiner Großmutter stellte seinen Schuppen zur Verfügung, in dem er Saatgut und Mehl für den Laden lagerte. Dort wurden die Spenden gesammelt, und sein Schwager schaffte die Fuhre mit dem Pferdewagen in die Stadt.

Hermann Dilly stellte das Gespann nur widerwillig zur Verfügung. Er war Geschäftsmann und hielt nichts davon, anderen einen Gefallen zu tun, schon gar nicht den Parteifunktionären, die ihm im Jahr zuvor wegen seines jüdischen Angestellten Schwierigkeiten bereitet hatten. Als er im Februar 1936, es war die letzte Pfundsammlung in jenem Winter, die Spenden zur Sammelstelle transportieren sollte, erlaubte er sich einen seiner Scherze. Er kutschierte nicht selbst, sondern schickte Albert Fels mit dem Wagen los. Auch davon hatte meine Großmutter mir erzählt, und auf den ersten Blick war es eine weitere Anekdote über ihren Onkel und seine bösen Späße, nur dass es diesmal mit den Parteifunktionären die Richtigen traf.

Albert Fels war betrunken, als er am späten Nachmittag mit dem leeren Wagen zurückkehrte. Die Zügel lagen schlaff in seinen Händen, er hing mehr auf dem Kutschbock, als dass er saß, die Augen hatte er halb geschlossen. Das Pferd kannte den Weg und blieb von allein vor der Schlachterei stehen, als das Gespann im Dorf angekommen war. Fels war wie immer in weite Kleider und Kittelhosen gehüllt, dazu trug er seinen alten Wintermantel. Eine Weile blieb er auf dem Kutschbock sitzen und dämmerte in der Kälte vor sich hin, bis er sich schließlich in die ungeheizte Kammer auf der Diele schleppte, um seinen Rausch auszuschlafen.

Die Sache sprach sich schnell herum, und es gab Ärger.

Den Anfang macht ein Sturmführer der SA in der Stadt. Er war empört darüber, dass die Pfundsammlung ausgerechnet einem Juden anvertraut worden war und übergab die Angelegenheit dem Scharführer im Dorf, der daraufhin einen wütenden Brief an Hermann Dilly schrieb und ihn aufforderte, freiwillig aus der SA auszutreten. Ansonsten würde man ihn ausschließen.

In dem Antwortschreiben, das Hermann Dilly aufsetzte, konnte er seinen Triumph kaum verbergen. Genüsslich erinnerte er an die Entscheidung, die die Kreisleitung der NSDAP im August 1935 getroffen hatte, Fels nämlich nur noch Gespanndienste verrichten zu lassen: »Gegen diese Entscheidung ist keineswegs verstoßen worden, ich weiß also nicht, woraus ein Grund zu einem Austritt aus der SA Reserve hergeleitet werden soll.«

Hermann Dilly blieb Mitglied der SA. Weitere Briefe wurden nicht geschrieben. Einen Durchschlag von seiner Antwort an den Scharführer hob er allerdings auf.

Am Anfang wollte er sich wohl für den Fall absichern, dass die Angelegenheit doch noch ein Nachspiel haben würde. Nach Ende des Krieges änderte sich die Bedeutung des Schreibens. Man hätte nun einen Beleg darin erkennen können, dass der Onkel meiner Großmutter sich in den Dreißigerjahren nicht dem politischen Druck gebeugt hatte, im Gegenteil, er hatte sich einen Spaß auf Kosten der Funktionäre erlaubt.

Außerdem hatte er politisch Verfolgten in schwierigen Zeiten Arbeit und Unterkunft gewährt. »Der Jude Fels ist seit Jahren in meinem Betrieb beschäftigt gewesen. Vor der Zeit war er lange im Geschäft meines Vaters tätig«, hatte er in dem Brief erklärt: »Er ist völlig mittellos und würde, wenn er nicht bei mir ein Unterkommen hätte, voll und ganz von der Gemeinde unterhalten werden müssen.«

Hermann Dilly sollte den Durchschlag bis zu seinem Tod sorgfältig in einer Mappe mit einigen wenigen persönlichen Unterlagen aufbewahren. Ob er damit gerechnet hatte, dass eines Tages jemand bei ihm an die Tür klopfen würde, um sich zu erkundigen, unter welchen Umständen Albert Fels im Frühjahr 1938 von einem Tag auf den anderen aus dem Dorf verschwunden war?

Als sich die Sache mit der Pfundsammlung ereignete, war Hermann Dilly schon nicht mehr auf Albert Fels angewiesen. Sein Umsatz war Mitte der Dreißigerjahre kräftig gestiegen. Das lag auch an der nationalsozialistischen Wirtschaftspolitik. Die neuen Machthaber wollten Deutschland von Importen unabhängig machen. Unter anderem beschränkten sie die Einfuhr von Lebensmitteln aus dem Ausland und legten dem Markt feste Regeln auf. Die Folge war, dass die Preise in den Läden erheblich anstiegen. Fleisch war besonders teuer, für ein Kilo Speck musste ein einfacher Angestellter einen halben Tag arbeiten.

Für einen kleinen Schlachter und Händler wie Hermann Dilly war das von Vorteil. Die Fabrik nahm jetzt größere Mengen ab, und die Geschäftskontakte, die Fels und sein Vater über dreißig Jahre hinweg aufgebaut und gepflegt hatten, erlaubten es ihm, die neuen, starren Regeln zum eigenen Vorteil zu nutzen. Angeblich machte er auch schwarz viel Geld.

Außerdem gab es weniger Konkurrenz. Das Handelsverbot, das Albert Fels getroffen hatte, war nur eine von vielen kleinen Repressalien gegen die jüdische Bevölkerung im Landkreis. Auch die selbstständigen jüdischen Viehhändler gerieten unter Druck. Tag für Tag wurden neue Plakate an ihre Türen geklebt, »Meidet die Juden!«, »Kauft nicht bei Juden!«, und die ersten von ihnen hatten sich bereits aus dem Geschäft zurückgezogen.

Auch wenn Hermann Dilly weiterhin nicht gern selbst auf die Bauernhöfe fuhr, so hatte seine Verhandlungsposition sich jetzt deutlich verbessert. Er verdiente mehr Geld, als sein Vater es je getan hatte, und Ende 1936 fasste er den Entschluss, seinen Betrieb zu vergrößern. Auf dem Platz zwischen Diele und Scheune sollte ein neues Schlachthaus gebaut werden und daneben, mit Blick auf den Kleinbahnhof, wo das Vieh gewogen und verladen wurde, ein modernes Wohnhaus für sich und seine Familie.

Hermann Dilly, der den Betrieb seines Vaters zehn Jahre zuvor nur widerwillig übernommen hatte, war angekommen. Wenn der Polizist Emil Dodzuweit zur Revision erschien, fand er die Schlachterei sauber und in ordnungsgemäßem Zustand vor. Die Schlachtabgänge wurden vorschriftsgemäß gesammelt und beseitigt, und die Genehmigungsurkunde legte Hermann Dilly jetzt Jahr für Jahr unaufgefordert vor.

Auch in der kleinen Dorfgemeinschaft hatte Hermann Dilly seinen Platz gefunden. Er war Mitglied im Schützenverein und im Turnverein. Zusammen mit dem Vater meiner Großmutter traf er sich am Sonntag mit den Kameraden von der SA auf dem Kirchplatz zum Exerzieren. Beim Erntedankfest und bei der Kundgebung zum Geburtstag von Adolf Hitler trug er die braune Uniform, und wie viele andere Männer wartete er darauf, endlich einen Antrag auf die Mitgliedschaft in der Partei stellen zu dürfen.

Das war allerdings nicht ganz so einfach. Nachdem die NSDAP an die Macht gekommen war, hatte die Führung der

Partei im Frühjahr 1933 eine Aufnahmesperre verhängt, um den Anschein einer Kaderpartei zu wahren. Vom 1. Mai an wurden keine neuen Mitglieder mehr aufgenommen, und im Dorf war der Arzt Walter Mazet einer der letzten Anwärter, deren Aufnahmeanträge 1933 noch bewilligt wurden.

Erst vier Jahre später wurde die Sperre aufgehoben, um die leeren Kassen der Partei zu füllen. Im Kreisblatt wurden die neuen Regelungen in der Ausgabe vom 26. April 1937 erklärt. Sie betrafen alle die, die sich in den vergangenen Jahren in ihrer Ortsgruppe als Blockhelfer, Kassenleiter oder in einem anderen Amt verdient gemacht hatten, die Mitglieder in einer der Gliederungen der Partei waren oder in einem der ihr angeschlossenen Verbände. Die Liste dieser Verbände war lang, mit vielen Abkürzungen, SS, HJ, NSKK, NSD. Auch die SA war darunter, mit einem ausdrücklichen Hinweis auf die Angehörigen der SA-Reserve. Am 13. Juni 1937 reichte Hermann Dilly seinen Antrag beim Ortsgruppenleiter ein, und eine Woche später füllte der Vater meiner Großmutter das Formular aus. Auch er war also Mitglied der NSDAP gewesen.

Der gesamte Vorgang ist in der Mitgliederkartei der Partei dokumentiert, die heute im Bundesarchiv in Berlin aufbewahrt wird. Ich hatte mir nicht nur die Unterlagen zu meinen Verwandten schicken lassen, sondern auch die einer Handvoll anderer Dorfbewohner, und es war nicht schwer sich vorzustellen, wie in der kleinen Gemeinschaft zuerst der eine, dann der andere und zuletzt immer mehr Männer in die NSDAP eingetreten waren.

Unterdessen hatten die Bauarbeiten begonnen. »Hermann Dilly gedenkt in diesem Neubau eine mit allen modernen Einrichtungen ausgestattete Schlachterei zu errichten. Der Neubau konnte bereits gerichtet werden«, meldete das Kreisblatt am 9. August 1937. »Dilly ist Kassenwart des hiesigen Turnvereins«, hieß es weiter: »Deshalb ist es leicht verständlich, dass die Turnerinnen einen besonders schönen Kranz zum Richtfest flochten und dem Bauherren feierlichst überreichten.«

Es gab keine Zeugen mehr. Der Gendarmeriewachtmeister Emil Dodzuweit war 1939 in die Wehrmacht eingezogen worden und gegen Ende des Krieges nach einem Einsatz in Jugoslawien für vermisst erklärt worden. Der Bürgermeister des Dorfs war in den letzten Kriegstagen, als englische Soldaten die Kirche in Brand geschossen hatten, von einem herabfallenden Trümmerteil erschlagen worden. Hermann Dilly war 1963 an einer Krebserkrankung gestorben, auch Walter Mazet, der Amtsarzt Adolf Heinmüller und Albert Kracke, der Direktor der Heil- und Pflegeanstalt in O., lebten schon lange nicht mehr, und nach dem Tod meiner Großmutter konnte sich in ihrem Dorf niemand mehr an die Jahre vor dem Krieg erinnern.

Das Puzzlespiel ging weiter, und ich versuchte, die Erinnerungen meiner Großmutter mit dem Material abzugleichen, das ich im Archiv gefunden hatte. Im Sommer 1937, als die kurze Meldung über das Richtfest im Lokalteil erschien, wurde der politische Teil des Kreisblatts von Schlagzeilen beherrscht, die Stimmung gegen Juden machten. Woche um Woche erschienen Berichte über Gerichtsprozesse gegen »jüdische Menschenhändler«, »jüdische Devisenschieber« oder »jüdische Rasseschänder«, es gab wütende Angriffe auf jüdische Politiker wie den New Yorker Oberbürgermeister LaGuardia und empörte Kommentare über vermeintlich jüdische Proteste gegen einen Boxkampf von Max Schmeling in den USA.

Jedes Mal wenn ich den Mikrofilm ein kleines Stück vorspulte, tauchten auf dem milchigen Bildschirm des Lesegeräts neue Überschriften auf, »Jüdische Hintergedanken« oder »Judentum Träger der Zersetzung«, »Die Judenfrage ein Weltproblem«, »Eine jüdische Pestbeule ausgestochen« oder »Jüdische Schädlinge vor Gericht«. Gleichzeitig wurden in den Randspalten der Zeitung rechtliche Regelungen bekannt gegeben, die sich gegen die jüdische Bevölkerung richteten. Juden durften in Deutschland nicht mehr als Lehrer arbeiten, jüdischen Schülern war es nicht mehr gestattet, das Abitur zu machen, und eine Haushaltshilfe konnte neuerdings fristlos kündigen, wenn der Haushaltsvorstand oder seine Ehefrau ihr aufgetragen hatte, in einem Geschäft einzukaufen, das von einem Juden geführt wurde: »Denn wer in einem jüdischen Geschäft kauft, setzt sich der Gefahr aus, sich verächtlich zu machen und gebrandmarkt zu werden.«

Die Texte in der Zeitung waren Teil der nächsten antisemitischen Welle, die 1937 das Land überzog. Im Regierungsbezirk O. wurden jetzt systematisch Maßnahmen ergriffen, die sich gezielt gegen die jüdischen Viehhändler richteten. Anfang des Jahres hatte die Gestapo einen Vordruck zur »Überprüfung der Juden auf ihre Zuverlässigkeit« an die Landratsämter verschickt, mit der Aufforderung, vor der Ausstellung eines Wandergewerbescheins oder einer Legitimationskarte Rasse und Religion des Antragstellers zu überprüfen und Anträge von jüdischen Händlern möglichst nicht zu genehmigen. Im Kreisblatt erschien dann ein längerer Beitrag eines Parteifunktionärs, in dem Landwirten, die weiterhin ihr Vieh an jüdische Händler verkauften, mit Enteignung gedroht wurde. Die Kreisbauernschaft suchte seit einigen Monaten gezielt nach Vorwänden, um jüdische Viehhändler bei der Geheimen Staatspolizei anzuzeigen, und irgendwann im Laufe des Jahres muss Hermann Dilly verstanden haben, dass es bei all dem auch um ihn und um die Zukunft seines Unternehmens ging.

Albert Fels war zur Bedrohung geworden. Der alte Mann, der nach dem Mittagessen der Familie Dilly in der Küche auf seinem Platz neben dem Spülstein ein Nickerchen machte, war ein lästiges Überbleibsel aus der Zeit, als sein Vater den Betrieb geführt hatte. Ohne ihn, das wusste Hermann Dilly, wäre er in den ersten Jahren nach dem Tod seines Vaters nicht zurechtgekommen. Jetzt wollte er daran nicht mehr erinnert werden, schon gar nicht an den Kredit, den sein Vater und Fels bei den Söhnen von Simon Abraham Simon aufgenommen hatten und den Hermann Dilly noch Anfang der dreißiger Jahre hatte abbezahlen müssen.

Hermann Dilly war wütend auf Fels, und er ließ es ihn deutlich spüren. An manchen Tagen ließ er ihn die Fleischabfälle in der Schlachterei mit den bloßen Händen aufsammeln oder er trat mit dem Fuß nach ihm, wenn er draußen auf der Bank in der Sonne saß, und während die Bauarbeiten auf dem Grundstück voranschritten, kam es immer häufiger zum Streit.

Meine Großmutter erzählte, dass Albert Fels sich im Sommer 1937 gelegentlich ins Armenhaus flüchtete, ein kleines

Haus mit zwei Zimmern, das außerhalb des Dorfes lag. In den Dreißigerjahren lebte hier ein Lohnarbeiter mit Frau und Kindern. Fels kannte ihn, weil der Mann gelegentlich in der Schlachterei aushalf, und auch wenn die Eltern meiner Großmutter im Herbst das Schwein schlachteten, das sie gemästet hatten, war er dabei. Wenn es Streit mit Hermann Dilly gegeben hatte, verließ Fels zu Fuß das Dorf und übernachtete mit einer Flasche Schnaps im Arm in einem Bretterverschlag an der Rückseite des Armenhauses. Oft brach er bereits auf der Schwelle zusammen, und am nächsten Morgen schlichen sich die Kinder aus der Nachbarschaft heran und versuchten, einen Blick auf Fels' Bruchsack zu erhaschen, der sich unter seiner Kleidung abzeichnete.

Fels schlief seinen Rausch aus und schleppte sich anschließend ins Dorf, zurück in die Kammer auf der Diele. Ein paar Tage war es ruhig. Dann stolperte er wieder betrunken in die Schlachterei und fing an, von den alten Zeiten zu sprechen, bis Hermann Dilly ihm eine schallende Ohrfeige verpasste oder mit der schweren, eisernen Kette nach ihm schlug, mit der die Rinder vor dem Schlachten festgebunden wurden.

Meine Großmutter und ihre Eltern konnten die Wutausbrüche von Hermann Dilly vom offenen Küchenfenster aus verfolgen, und so wie sie das Weinen ihrer Cousinen im Nebenhaus hörten, wenn sie von ihrem Vater verprügelt wurden, hörten sie jetzt das Schreien und Wimmern von Albert Fels.

Nicht nur die Erinnerungen meiner Großmutter hatten ihren ganz eigenen Rhythmus. Auch meine Recherchen wurden in unregelmäßigen Abständen unterbrochen. Mein Versuch, die Geschichte von Albert Fels zu rekonstruieren und den Weg nachzuzeichnen, der zu seinem Tod geführt hatte, geriet immer wieder ins Stocken. Ich fand nur noch selten Zeit, mich an meine Notizen zu setzen. Mit meiner Großmutter telefonierte ich nicht mehr so häufig wie früher, und nachdem ich ihr erzählt hatte, dass ich eine Kopie der Krankenakte von Albert Fels bekommen hatte, aus der hervorging, dass er bereits vor Beginn des Krieges in die Heil- und Pflegeanstalt eingewiesen worden war, vergingen drei Wochen, bis ich sie das nächste Mal anrief und wir zum ersten Mal länger über das Frühjahr 1938 sprachen.

Hermann Dilly war Ende März mit seiner Familie umgezogen. Die Nachbarn halfen, auch der Vater meiner Großmutter war dabei. Zwei Tage lang wurden Möbel aus dem alten in das neue Haus geschleppt. Das genaue Datum hatte ich einer Notiz in der Zeitung entnommen. Am 24. März 1938 meldete das Kreisblatt, dass der Schlachter und Viehhändler Hermann Dilly seinen Neubau bezogen hatte, »ein wirkliches Schmuckstück«. Auch die neue Schlachterei nahm ihren Betrieb auf. Die Einrichtung war mit der Kleinbahn angeliefert worden, glänzende Edelstahltische, ein elektrisch beheizter Kessel und eine moderne Kühlanlage.

Die Wohnung im Nebenhaus stand jetzt leer, doch Hermann Dilly hatte bereits Mieter in Aussicht. Der Rendant der Sparkasse wollte die Wohnung übernehmen. Das Lädchen, der kleine Ladenraum, in dem Wurst und Fleisch verkauft worden waren, würde an die Ortsgruppe der NSDAP vermietet werden, die nach der Aufnahme zahlreicher neuer Mitglieder in den vergangenen Monaten auf der Suche nach einem neuen Geschäftszimmer war. Die Diele und das Schlachtereigebäude sollten in den nächsten Wochen abgerissen werden, um auf dem Grundstück Platz für die Lastwagen zu schaffen, die neuerdings das Fleisch in die Fabrik transportierten.

Für Albert Fels würde es dann keinen Platz zum Schlafen mehr geben. Im neuen Haus war kein Zimmer für ihn vorgesehen, ihm wäre nur der Bretterschlag an der Rückseite des Armenhauses geblieben, und das muss der Grund dafür gewesen sein, dass es zehn Tage nach dem Umzug, am Sonntag, den 3. April, zum letzten Mal zum Streit zwischen ihm und Hermann Dilly kam. Diesmal stand meine Großmutter nicht am Küchenfenster, und die Geschichte, die sie mir zum Schluss erzählte, hatte sie nur aus zweiter Hand.

Im Frühjahr 1938 war sie zehn Jahre alt und besuchte die Höhere Mädchenschule in der Stadt. Am Freitag, den 1. April, war das Schuljahr zu Ende gegangen, und die Osterferien hatten begonnen. Meine Großmutter war die ganze Woche über zu Hause gewesen, und alles, was sie über die Ereignisse im Nachbarhaus wusste, hatte sie von Gerda, der

Tochter von Hermann Dillys Vetter Oskar, der die Kneipe auf der anderen Straßenseite führte.

Gerda hatte abends noch in der Schankstube gesessen, als die Männer sich beim Bier darüber unterhielten, dass Hermann Dilly wieder einmal Albert Fels verprügelt hatte, nur dass er diesmal heftiger als sonst zugeschlagen hatte und Fels am nächsten Tag ins Krankenhaus eingeliefert werden musste. Hermann Dilly hatte ihm »einen vor den Kopf gegeben«, das war die Formulierung, die die Männer benutzten.

Alles andere steht in der Akte. Albert Kracke hatte die Staatsanwaltschaft in O. am Montag, den 11. April, über das Ergebnis der Obduktion in Kenntnis gesetzt. Eine weitere Leichenschau wurde angesetzt, um die noch offene Frage nach dem Grund für die Schädelverletzung – »Fall oder Schlag« – zu klären. Neben dem Leiter der Heil- und Pflegeanstalt war auch der Amtsarzt Adolf Heinmüller anwesend und ein Assistenzarzt namens Baumeister vom Pathologischen Institut der Stadt.

Die Begutachtung des Schädels brachte auf den ersten Blick keine neuen Erkenntnisse. Die Kopfverletzungen wurden noch einmal begutachtet und vermessen: »Am Hinterhaupt befindet sich eine 3 cm große klaffende Hautwunde. Oberhalb des linken Ohres befindet sich eine handflächengroße blaurötliche Verfärbung ohne Hautdefekte. Die darunter befindliche Schläfenmuskulatur ist blutig durchtränkt. Im Schläfenbein befand sich eine Fraktur, die sich in die mittlere Schädelgrube fortsetzt. Unterhalb des vorderen Poles des Gyrus temporalis befindet sich links ein 1-Mark-Stück großer Erweichungsherd. Derselbe Befund ist auf der rechten Seite des Gehirns etwa 5-Mark-Stück groß.«

Albert Kracke hatte sich nach der ersten Obduktion nicht festlegen wollen, wie es zu den vier Verletzungen gekommen war. Gemeinsam mit dem Pathologen und dem Amtsarzt gelangte er jetzt zu einem eindeutigen Ergebnis: »Aufgrund der Besichtigung lassen sich keinerlei Anzeichen feststellen, die auf die Art der Gewalteinwirkung, die zu der Schädelfraktur geführt hat, schließen lassen.« Weitere Erklärungen gab es nicht.

Albert Fels, das war jetzt die offizielle Version der Ereignisse, war im betrunkenen Zustand gestürzt und hatte sich dabei eine Kopfverletzung zugezogen, die einige Tage später zu seinem Tod führen sollte. Kracke schickte das Protokoll der Leichenschau an die Staatsanwaltschaft: »Ich nehme an«, schrieb er, »dass gegen die Beisetzung der Leiche Bedenken nicht mehr bestehen.«

Am 15. April wurde Albert Fels auf dem städtischen Friedhof in O. begraben, auf dem Liegeplatz Nr. 97. Vier Wochen nach der Beerdigung traf ein Schreiben mit dem Stempel der »Zentralstelle für jüdische Wohlfahrtspflege« ein. Es war unterschrieben von Abraham Trepp, einem Lehrer, der die jüdische Volksschule in O. leitete und Verwaltungsaufgaben in der Gemeinde wahrnahm. »Anbei gestatte ich mir, zwei Rechnungen betreffend den verstorbenen Herrn Fels einzureichen«, schrieb er. Insgesamt war eine Summe von 16,78 Mark angefallen, unter anderem für die Totenkleider, die nach jüdischem Brauch aus weißem Leinen genäht worden waren.

»Da haben die Juden doch wieder ein Geschäft gemacht«, notierte Albert Kracke am Rand des Briefes. Die Zahlung lehnte er ab. Kurz darauf traf ein zweites Schreiben von Abraham Trepp ein, mit der Bitte, wenigstens den Richtsatz in Höhe von 2,20 Mark zu erstatten. Dieser Betrag wurde bewilligt.

Um die Krankenakte zu schließen, fehlten Albert Kracke noch die Auszüge aus den Standesregistern. Am 28. Mai wandte er sich an das Standesamt Wenzen und bat um eine Abschrift der Geburtsurkunde von Albert Fels. Am 5. Juni traf eine kurze Antwort ein: Unterlagen gebe es nicht, da das Standesamt in Wenzen erst 1876 gegründet worden sei, also sechs Jahre nach Fels' Geburt.

Auch der Bürgermeister im Dorf meiner Großmutter wurde angeschrieben, mit der Bitte um weitere Angaben zur Person. Er konnte ebenfalls nicht helfen. Die Heiratsurkunde von Albert Fels, ließ er mitteilen, könne er nicht beschaffen, da ihm das Datum der Eheschließung von Albert Fels und seiner Frau nicht bekannt sei. Angehörige, die er um Hilfe bitten könne, gebe es nicht.

Die Familie Dilly, in deren Haus Albert Fels fast fünfzig Jahre gewohnt hatte, die letzten dreizehn Jahre davon in einer Kammer auf der Diele, erwähnte der Bürgermeister nicht. Der Name Dilly wird in der Krankenakte auch an keiner anderen Stelle genannt.

Viele Bücher sind in diesem Buch aufgegangen. Besonders erwähnen möchte ich Maria von Borries' »Euer Name lebt. Zur Geschichte der Juden in der Region Bersenbrück« (Bramsche 1997), Rolf Kaufmanns unveröffentlichtes Typoskript »Zur Geschichte der Juden in Wenzen«, Eva Bergers »Die Würde des Menschen ist unantastbar. 200 Jahre Psychiatriegeschichte im ehemaligen Königreich Hannover am Beispiel des Niedersächsischen Landeskrankenhauses Osnabrück« (Bramsche 1998) und die von Marion Kaplan herausgegebene »Geschichte des jüdischen Alltags in Deutschland« (München 2003).

Kolja Mensing